夜明けの舟唄

柳橋ものがたり 8

森 真沙子

時代小説

二見時代小説文庫

目次

夜明けの舟唄——柳橋ものがたり8

夜明けの舟唄――柳橋ものがたり8　主な登場人物

綾《あや》…………故あって柳橋の船宿「篠《しの》屋」に住み込みの女中として働くことになった女。

富五郎《とみごろう》………「篠屋」の主。宿の経営は女房任せで無頓着ながら幅広い人脈を持つ情報通。

津ノ国屋源次郎《つのくにやげんじろう》…呉服問屋津ノ国屋《つのくにや》の大番頭として店を支える。亡き主、喜左衛門《きざえもん》の弟。

お簾《れん》…………船宿「篠屋」を切り盛りする、気風《きっぷ》の良い柳橋芸者上がりの女将《おかみ》。

おさん…………津ノ国屋のお針子《はりこ》を二十人近く束ねる女。独特の刺子《さしこ》を縫う。

千吉《せんきち》…………「篠屋」の手代と北町の下っ引《ぴき》を兼業する若者。石投げの名人。

有村一之丞《ありむらいちのじょう》…結城《ゆうき》藩国家老の使い番。おさんの想い人。

磯次《いそじ》…………六尺豊かな大男。駿府生まれの篠屋の船頭頭。

弥助《やすけ》…………以前はニシン漁師だったことから〝弥《や》ん衆〟と呼ばれる「篠屋」の船頭。

土肥庄次郎《どひしょうじろう》…歴とした旗本でありながら、道楽が高じ後《のち》に幇間、松廼家露八《まつのやろはち》となった男。

古河原金兵衛《ふるがわらきんべえ》…神田に支店と住まいを持つ甲府の蔵元「甲州屋《こうしゅうや》」の主。

お愛《あい》…………柳橋で五本の指に入る人気芸妓。三味線の弾き語りの名手だった。

山岡鉄太郎《やまおかてつたろう》…千葉門下の北辰一刀流の遣い手。幕臣として江戸城の無血開城に奔走した。

益満休之助《ますみつきゅうのすけ》…休《きゅう》さんと呼ばれる薩摩藩士。上野戦争で負傷。

大石幸太郎《おおいしこうたろう》…生き別れとなっている綾の兄。薬箱持ちとして父の供をしていた。

第一話　運命の赤い糸

一

「えー、朝からお騒がせでございます。『津《つ》ノ国《くに》屋』のお広《ひろ》め隊にございます。日本《にほん》橋《ばし》の通町《とおりちょう》に店を開いて百十年、長く御愛顧《ごあいこ》頂いて参りました、皆様の呉服屋にございます」

慶応《けいおう》四年一月半ばの霜《しも》の朝のこと。

日本橋大通りを、今川橋《いまがわばし》方向から日本橋の方へ、鳴物《なりもの》入りで練り歩いて来る一行がいた。

声を張り上げているのは先頭の男である。

赤い法被《はっぴ》に同色の脚絆《きゃはん》、顔には歌舞伎《かぶき》役者ふうのどぎつい隈《くま》取《ど》りをし、腰には太鼓、背中には赤い蛇《じゃ》ノ目《め》傘をくくりつけていた。

そこへ通りがかりの四つ手駕籠《かご》が割り込んできて、

「おっと、御免よ、御免よッ」

と列を蹴散らし、駆け去って行く。

だが男は何ごともなかったように、太鼓を打ち鳴らして続ける。

「えー、お騒がせでございます。皆様の津ノ国屋でございます」

津ノ国屋がどうしたい、と野次馬から声が飛んだ。

「はい、ご愛顧に応え、本日から五日間、新年の大蔵《おおくら》ざらえを致します。十年に一度、十年に一度の出血大売り出しィ。どちら様もお見逃しなきよう願います……」

この口上《こうじょう》に合わせて、後続の女装の若衆三人が三味線《しゃみせん》をかき鳴らす。

背中に立てた幟《のぼり》が風にはためき、赤く染め抜かれた『津ノ国屋』の字がひらひらと揺れた。

日本橋大通りは、一日中で朝が最も活気がある。

特に魚河岸《うおがし》近くには人が溢れて、魚籠《びく》を並べた立売り衆の口上が、ひときわ喧《かまびす》しい。

珍奇な行列が通れば、すぐに野次馬が周囲を囲む。

配って回る。

すると陣羽織《じんばおり》の三人の丁稚《でっち》が、鉦《かね》と竹製の鳴物を鳴らしながら駆け寄って、引札《チラシ》を配って回る。

その見物衆の中には、『篠屋《しのや》』の綾《あや》もいて、競って両手を出してその一枚を摑んでいた。

主人富五郎《とみごろう》の使いで、朝食を終え後片付けを済ませて出て来たのだが、日本橋大通りに近づくと、祭りのような太鼓が聞こえてくる。

何だろうと小走りに走って、津ノ国屋のお広めに出くわしたのだ。

手にした引札には、浮世絵美人が大きく刷り出され、その上に〝津ノ国屋〟の字がでかでかと書かれている。

「何だねえ、朝っぱらから騒々しい」

そんな声に綾が振り向くと、開店したばかりの暖簾《のれん》の陰から、主人らしい男が顔を覗かせている。朝から鉦太鼓で大通りを練り歩くとは……とあからさまに眉を顰《ひそ》めていた。

「そういやァ十年前にも、似たようなのがおったよ」

近くに立つ老人が、苦笑いで同調した。

十年前は、赤い頭巾《ずきん》を頭から被り、赤い天鵞絨《ビロード》の巾着《きんちゃく》を首に下げた男が、新薬の見本を見物人にばらまいたのだと。

「近くの薬種《やくしゅ》問屋の旦那でね、破産寸前の悪あがきだった」

「てえと、津ノ国屋もいよいよだねえ。昨日も日本橋から、銀座《ぎんざ》方面を練り歩いていたそうだ」

暖簾の陰で様子見をする商人達は、冷ややかだった。

一般に、上級武家や富裕層を相手にする大店《おおだな》は、名前を大事にし、こんな〝恥晒《はじさら》し〟なお広めはしないもの。鳴物入りの練り歩きは、アメ売りや、寄席《よせ》の拍子木《ひょうしぎ》を持ってのものに限られた。

苟《いやしく》も津ノ国屋は将軍家御用達《ごようたし》で、江戸でも一流の呉服屋だったから、手ひどい反発を喰らっても仕方なかった。

だが人混みから抜け出て日本橋に向かった綾は、驚きの中で思った。

(今は、十年前とは違うのだ……)

江戸は激しい砂嵐に見舞われたごとく、去年から今年にかけてすべてが変わったのである。

最も大きな変化は、徳川《とくがわ》幕府がなくなってしまったことだ。

ふり仰ぐ千代田城《ちよだじょう》の主《あるじ》は、もう公方《くぼう》様ではない。いずれ大きな戦《いくさ》があって、その勝者があの御城に入るのだろう。

呉服界では、『越後屋《えちご》』や『伊勢屋《いせ》』などの豪商が、幕府に融通《ゆうずう》した巨額の御用金を、ほとんど回収出来ないでいる。

『津ノ国屋』もまた、随一《ずいいち》の御用商人として幕府の資金調達に協力し、巨額の冥加《みようが》金《きん》を上納してきた。

だがその返金もないうちに幕府は潰れ、そのまま新時代に突入しようとしている。今後は貸し倒れが続出するだろう。

「どうしてくれる」

「どうすりゃいいんだ」

そんな怨嗟《えんさ》の声が渦巻く中の、〝破廉恥《はれんち》な大売り出し〟なのだ。

しかし旧来のやり方では、生き残れないのは見え見えだった。これまでの常識を捨て、なりふり構わず打って出なければ、新時代の波にのみ込まれてしまうだろう。

もしかしたら津ノ国屋の、この狂気の恥晒しは、生き残りを賭けての巻き返しではないか？

そんなことを綾は思った。

ところでこれから綾が訪ねるのは、この津ノ国屋である。

店は日本橋を南に渡った先で、銀座方向に少し進んだ辺りだ。だが橋を渡り終えないうちに、ふと綾は足を止めた。

前方に見える店の前に、客が行列しているようだ。

(まだ開店前なのに?)

(これがあんな奇抜《きばつ》なお広めの効果か?)

まさか、と思った。

それ以上に、こんなに世間が行き詰まっている時に、並んでまで呉服を買う人がいるとは信じられなかった。

何かあったのかと思いつつ、手前の路地に入り通用門に向かう。

この店の先代喜左衛門《きざえもん》と、『篠屋』の富五郎は将棋仲間だった。綾が簡単なお使いを頼まれ、ここまで来ることは少なくなかったが、こんなことは初めてだ。

先代は二年前に急逝《きゅうせい》し、今は長男鶴之助《つるのすけ》が店を継いでいる。

この若い新当主を、先代の十歳年下の弟源次郎《げんじろう》が、大番頭として支えていた。

源次郎はまだ新しい横濱《よこはま》支店の頭取をつとめ、海外貿易に取り組んでいたが、この危急存亡《ききゅうそんぼう》の折、日本橋本店に戻ったのである。

有能だが遊び人としても知られ、歌舞伎や落語の会や、篠屋で開かれる将棋会にも、兄と共によく同席していたようだ。

今日の用向きは、そんな将棋会への勧誘のようで、綾は返事を持ち帰らなければならなかった。

通用口にいた顔見知りの門番に、

「大番頭の源次郎様に、これを渡してください。お返事を頂きたいので、私はそこの玄関で待っていますから」

富五郎から預かった手紙を差し出すと、門番は心得たように頷き、すぐに奥に消えて行く。大抵《たいてい》は源次郎本人が出て来て、口頭で返事をくれるのだ。

綾は玄関横に立って、周囲を見回した。

広い敷地の奥には、茂みに囲まれて小さな稲荷社《いなりしゃ》があるのは、昔ながらだ。店が繁《はん》盛《じょう》していたころは、その前辺りによく、隠れるように上等な駕籠が停まっていたものだ。津ノ国屋は、御城の奥女中らに人気があったのだ。

今は、廃棄寸前の荷車が放置されており、そばで薄紅色の山茶花《さざんか》が無心に咲き誇っていた。何とはなしに見とれていると、廊下に、パタパタと足音がした。

ハッと振り向くと、小走りに近づいてくるのは、今まで見かけたことのない女だった。綾より若く、二十五、六に見える。

背丈は中ぐらいだが、少し変わった着物が細身の体にまといついていて、ほっそりと見せている。目尻は切れ上がって、色白の細面《ほそおもて》に、朱《しゅ》をさした唇が色めいて美しかった。

「おたくが、綾さん？」

女は上がり框《かまち》に立って、ややぞんざいに声を弾《はず》ませた。

その細い三日月型の眉を吊り上げ、濃いめに化粧した目を見開いて、どこか威嚇《いかく》するようなきつい表情である。

「はい、篠屋の綾でございます」

とぎこちなく頭を下げると、相手は会釈をしてふと言った。

「篠屋さんて、柳橋《やなぎばし》の船宿さん？」

「はい、橋のすぐ近くでございます」

「ああ……」

一瞬、何かを思い浮かべるように綾に視線を注いだが、

「番頭さんは今、開店前で忙しいので……」

言いかけた時、奥の方から誰かが大声で怒鳴る声が聞こえてきた。開店前で、殺気

立っているに違いない。綾は頭を下げた。

「お忙しい時間にすみません」

「あ、いえ、構いません。お返事は、後で届けさせますから、ご主人様によろしく……」

と裾《すそ》を翻《ひるがえ》してまた小走りに廊下を戻っていく。

「あ、もし……」

と呼びかけた。返事を急ぐから自分が来たのだし、相手の名も聞いておきたい。だが、その姿はもう遠ざかっていた。

開店前で誰もが殺気立っているのだろうが、

（それにしても……）

美しいが、名乗りもしないあの女人《ひと》は、何者だろう。

女中にしてはどこか尊大《そんだい》で、化粧も濃すぎる。それに女中なら、あんな対応はしないし、あれだけ洒落《しゃれ》た着物を身につけられまい。

綾はしばしそこに立ち、なお怒鳴り続ける奥の声を聞いていた。

二

それから三日後の午後。

綾はお廉《れん》のお供で、津ノ国屋の大蔵ざらえに出向くことになった。

『花之井《はなのい》』のおかみお蔦《つた》の、勧めだった。

お蔦は、売り出しの初日、大賑わいの津ノ国屋の前に並んだという。

大売り出しの評判が広まると、人々は我も我もと押しかけた。掘出し物を求めるより、遅れをとりたくない一心《いっしん》だったらしい。

お蔦もその一人で、さっそく行って来たという。

「あら、お廉さん、まだ行ってないの？」

とお蔦は機嫌よく言った。どれもこれもお安くて、物が良かった、特に刺子《さしこ》の着物が面白かった……と。

「刺子って、野良着《のらぎ》か火事装束じゃないの？」

とのお廉の問いに、ここぞとばかりお蔦は答えた。

「そう思ってる人が多いけど、案外なお洒落着なのね。刺子には他にも被《かぶ》り物とか足《た》袋《び》とか……いろいろあるの。それを作ったお針子《はりこ》がまた、浮世絵《うきよえ》に出てくるような美人でね。え、名前？　ええっと、おさんていったかな」

お針子なんてやってないで、花之井《うち》の芸妓《げいしゃ》にほしいわよ、と笑った。お茶を入れながら何気なく聞いていた綾は、〝浮世絵に出てくるような美人〟でハッと思い当たった。

あの日玄関まで出て来た女人では？　そういえば態度は尊大だが美人だったし、刺子のような見慣れぬ着物を着てたっけ。

ただの縫い子ではないのだろうと、興味をそそられた。

その人の作る着物を見てみたい、という気になっていたから、

「明日のお昼過ぎでも、行って見ようかね。綾さん、付き添いを頼むよ」

とお廉に言われた時は嬉しかった。

店は大通りに面しており、間口《まぐち》五間《けん》の板戸はすべて開放され、風に翻がえる暖簾の向こうには、客がひしめいていた。

お廉は暖簾をくぐると、勝手を知ったように先に立ち、人をかき分けて入って行く。

だが綾は気後れし、自分は後で見させてもらうからと断り、お廉の上着を手にしたま

ま暖簾の外に佇《たたず》んだ。

やっぱりあのお広めが効いたのだ、と驚きながら突っ立っていると、数人の女客がどっと溢れ出て来た。

その後を追って現れた若い女に、目が止まった。

あの女だった。白っぽい渡り木綿《もめん》に紺の刺糸の模様を一面に入れた、洒落た刺子の着物を、粋《いき》に着こなしている。

しきりに頭を下げて客を見送る姿を、見るともなしに見ていると、ふと些細《ささい》なことに気がついた。朝から客の応対が多かったのだろう。

客が去った方角になお視線を投げている放心した表情に、どこか仮面の下の娘心を見たように思った。

だがすぐに我に返り、店に戻ろうとして、綾に目を向けた。

「あっ、篠屋さんの……」

「綾でございます」

と頭を下げて改めて相手の顔を見ると、その色白な瓜実顔に、恥じらったような表情が浮かんでいた。

「あ、そうそう、綾さん。あたし、おさんです」

（やっぱりこのお方が、噂のお針子……）

最近、〝津ノ国屋のおさん〟といえば、日本橋界隈《かいわい》では少しばかり評判らしいと、初めて知ったのだ。

身分はお針子だが、二十人近いお針子を束ね、自らも面白い着物や小物を縫って店に出し、自分でも身につけるという。

それがお洒落な町娘や、芸者や、若いお内儀《かみ》らの人気を呼んで、この不景気な時代には珍しく、よく売れているらしい。

一方で、悪口もつきまとった。

おさんは礼儀知らずで、年長者にも横柄な口をきく……。大番頭の源次郎を色気で丸め込み、出世の糸口を摑んだ悪女……。番頭の威力を笠に着て、気ままにやりたい放題……。

「お一人で？」

……の声に、そんな悪口を思い出していた綾は、慌てて言った。

「いえ、篠屋のおかみのお供で参りました」

「ああ、おかみさんと……」

と頷いて辺りを見回した。

「そちらさえ構わなければ、これからお二人を、展示部屋にご案内しましょうか？　ええ、ちょうど今、ご予約のお客様がお帰りになったところだから」

三

売り出しの主会場は、玄関の上がり框から続く三十畳の大広間である。

それでは足りず、さらに奥座敷の襖も取り払い、衝立《ついたて》で仕切っている。衣桁《いこう》に広げられた美しい着物は、何点くらいあるのだろう。

だが、おさんはお簾と綾の前に立ち、客で阿鼻叫喚《あびきょうかん》の座敷の外廊下をさっさと通り抜け、どんどん奥へ進んで行く。

おさん手縫いの着物は、中庭に面した奥まった座敷に展示されており、店の者の案内がなければ入れない。

その特別の間へ、おさんの案内で入って、綾は息を呑んだ。

衣桁に掛けられた着物の他に、被り物や足袋などの小物が山と展示されている。そのどれもが刺子で、想像と違って素晴らしかった。

「まあ、素敵！　こんなの見たことないねえ」

お廉が、思わずという感じで声を上げる。

「どうしてこんな粋な刺子を……。これを手がけることになった、何かきっかけでもおありになるの？」

「いえ、ただの偶然で……」

とおさんの答えは、笑いに隠されて短い。

「始めたのは今じゃなくて、子どものころからですし……」

直接のきっかけは、お針子になるため見習いとしてこの津ノ国屋の縫製部《ほうせいぶ》に入り、実習を受けたことだという。

その見習い期間の終了時に、課題が出された。

「好きな物を思うままに縫ってみよ」と。

それには困った。どう頭を絞っても知恵は浮かばないのに、時間だけはどんどん迫ってくる。

そんなギリギリの時になって、ふと浮かんだのが刺子だった。

子供のころ、母親が作っていたものだ。長い冬の夜にはどの家でも、女たちが囲炉《い》裏《ろ》《り》の周りで着物を縫い、町で売って家計の足しにした。

「田舎では、皆作ってたの。あたしも見よう見まねで刺したことがあるんで、うろ覚えだけど作ってみたわけ」

「あの、田舎ってどちらですか？」

綾が遠慮がちに尋ねた。畏敬《いけい》の念で胸が一杯になっていた。

「ご存知かしら、陸奥《むつ》の津軽《つがる》……って」

「まあ、最北端ですね」

綾は驚いた。このおさんが、津軽の出身とは。

「でもどうして津軽の刺子を、江戸に持ってこようと……」

「いえ、理由なんてないです。ほんの偶然でね。でも模様だけは、粋に見えるように気を使ったかな」

例えば藍地《あいじ》に白糸で、縫い目を縞《しま》にしたり、菱形《ひしがた》に刺したり……と熱心に身振り手振りで説明した。

「これ、全体にキリッとして軽い感じがするでしょ」

と自分の着ている着物を指差してみせる。

それは、薄い生成《きな》り色の木綿地を着物に仕立て、紺の濃淡二色の刺し糸で、数種の幾何学模様《きがくもよう》を全体に刺してある。その組み合わせで、弾けるような軽やかさが踊っていた。

お廉が賛嘆《さんたん》の声を上げた。

「こんな洒落たものが、なぜ陸奥で作られてたの」

するとおさんは笑って答えた。

「陸奥は寒くて木綿が育ちません。でも木綿を買うと高いから」

この地でよく育つのは麻やイラクサばかりだ。麻で織った布は、目が粗《あら》くて、冬は寒い。それを暖かくするために、麻布を重ね合わせ、白糸で一面に〝地刺《じざ》し〟し、厚くするのだという。

「刺子は、丈夫で暖かくするため生まれた知恵なんです」

喋り出したおさんは、生き生きして、いかにも楽しそうになった。

肩などの擦り切れやすい部分に端切《はぎ》れを重ね、木綿糸で一針ずつ刺して縫いつけるが、そのツギハギの妙味《みようみ》を楽しむもの。

江戸《えど》友禅《ゆうぜん》など、派手さを抑えた粋な着物に馴れた目には、天衣無縫《てんいむほう》なツギハギの妙を見せる刺子は、ひどく新鮮に映った。

特に綾のような働きずくめの女には、詩情豊かな働き着に、心咬《そそ》られる。今の世では、人が着物など買うとは思えなかったのに、お洒落な着物や小物が飛ぶように売れたのだ。

あの口うるさい下町の女たちが、ひとしきり感心したわけが納得出来た。

綾は、おさんに魅せられていた。四半刻（三十分）があっという間に過ぎ、それしか話せなかったのが心残りだった。

お廉が何点か買い物をしたのをしおに、

「そのうちまたゆっくり……」

と互いに言って帰って来たが、聞きたいことが山ほどある。

（遠い津軽から江戸くんだりまで、どんな事情で出て来たのか）

（家族は？）（恋人は？）

……あれこれ考えて、その夜はなかなか寝付けなかった。

四

それから一月《ひとつき》半ほど経った三月半ばの午後――。

柳橋からしばし、陽に輝く川面を眺めていた大柄な男が、思い切ったように篠屋の表玄関に立った。

たまたま台所にいた綾が応対に出たが、そこに立つ客を見て、何となくドキリとした。あの津ノ国屋の大番頭の源次郎ではないか。

紺の小紋《こもん》の着物を着流しにし、紋のついた濃紺の長羽織を羽織っている。腰に差した刀、太い眉の下の鋭い目、角ばった顎……。

兄の下で番頭として長く働き、今は甥の補佐役をつとめる男だが、昔風の商人に特有の、通人《つうじん》めいた気取りがほとんどない。

「あの、あいにく今日は主人が外出しておりまして……」

と綾は上がり框に這いつくばって挨拶する。

お廉は得意先に不幸があって出かけており、富五郎が今日帰宅するというような伝言は聞いていない。

すると相手はニコリともせず、鷹揚《おうよう》に頷いた。

「いや、心配無用。約束してあるんでいずれ帰られる。私が少し早く来すぎただけだ」

「あ、そうでございましたか。ではもう間もなく戻りましょう」

と再び相手の顔を間近に見て、あっと思った。

（このお方、もしかしてあの行列で大声で叫んでいた道化者？）

あの時は顔にどぎつい隈取りをしており、声も張り上げていた。周囲も騒がしくて、落ち着いて顔を見なかった。

だが今、玄関に立つ上背のある姿を見た時、何となくそう気がついたのだが、まさか、という気持ちがまだあった。

「さあ、どうぞ奥でお寛《くつろ》ぎくださいませ」

と先に立つと、源次郎は勝手知ったる長廊下を、どしどしと足音高く踏んで、綾の後についてくる。

一階奥の間に案内し座布団を出し、火鉢の火を熾《おこ》しつつ、綾の頭にいろいろのことが去来《きょらい》した。

若い新当主は何ごとも穏健《おんけん》で、伝統を重んじる人物らしい。その鶴之助に比べ、叔父の源次郎は行動派である。

横濱が開港になるや、いち早く横濱支店を立ち上げ、海外貿易に取り組んだと聞いている。この源次郎がもしあの鳴物入りのお広め隊を率いていたのなら、津之国屋を訪ねた時の不穏《ふおん》な状況が、よく飲み込めるというものだ。

おさんも鶴之助も、開店時間が迫っているのに、頼みの大番頭が帰って来ないのでイライラしていただろう。奥で怒鳴っていたのは、妙なことにうつつを抜かし、肝心の開店に現れない叔父への、鶴之助の罵《ののし》りの声だったに違いない。

そんなことを思いながら火鉢の火を掻き熾していると、源次郎がそばに寄って来て言った。

「綾さん、いつぞや刺子展に来てくれて、おさんが喜んでたよ」

「あっ、いえ、こちらこそ面白《おもしろ》うございました」

綾は答えて、改めてその顔を見た。

（やっぱりこの人だ……）

太い眉の下で、炯々《けいけい》と強い力を放つ目。しかし顎の張ったその浅黒い顔は、今日は何かしら元気がなく見える。

「ずいぶんと評判がよろしかったようですね。その後、おさん様はお元気ですか」

「……おかげさんで」

と相手は両手を火にかざし、それきり何か考え込んでいる。

お茶の準備のため、綾はそっと座敷を出た。今夜はお客が少なく、厨房《ちゅうぼう》にいるのはお孝《たか》だけで、板の間の上がり框に腰を下ろし、山のような里芋《さといも》の皮をむいている。

「お孝さん、旦那様は今日はどうなの？」

「どうなのって何が？」

「旦那様と約束があるってお客様が見えたけど……？」

と声をひそめると、お孝は驚いたように顔を上げた。

「あたし、おかみさんから何も聞いてないよ。でも、ま、大丈夫。あの抜け目ない旦那様のことだ。おかみさんを忘れても、お客様は忘れないさ」

その時、綾は慌ててしきりに目配せした。いつ帰ったか、富五郎が厨房の入り口に姿を見せたのである。

慌てた綾が無言で奥座敷を指差すと、富五郎も無言で頷いて、どしどしと足音を立てて座敷に向かった。たぶん約束を忘れていて、慌てて帰って来たのだろう。

お孝と綾は顔見合わせて、肩をすくめた。

「……そいつぁ、どういう了見《りようけん》かね」

茶の盆を持って座敷に入って行くと、富五郎の語気鋭い言葉が耳に飛び込んで来た。

二人は火鉢を挟んで、向かい合っている。

「ここんとこお針子として、成功しかけておるんだろう？　何が不満なんだね」

叱られているのは源次郎だが、話題の張本人はおさんのようだ。

「津ノ国屋に来て七、八年になるそうだが、今幾つだ」

「はあ、もうすぐ二十六かと」

「ふーむ、しかし、突然姿を消したといっても、それだけ店におったんだろう。行先の見当もつかんのか」

声にならぬ溜息をついて、また富五郎は腕を組んだ。

「すぐ戻って来るんじゃないのか」

「いや、それはどうですか……」

と源次郎は首を傾《かし》げた。

「すっかり身辺整理してあって、身の回りの貴重品だけ持って出たようなんでね、戻る気はなさそうだと」

「しかし、女はそれだけ念入りに準備して出てったてェのに、お前さんは何も気がつかなかったのか。そんな抜け作だから、逃げられるんじゃ……おっと、こりゃ言い過ぎだ、わしは責めてんじゃねえ、ねえがな。七、八年も付き合いのあったおなごだろう。一つ二つ思い当たることがあっても、バチは当たらんぞ」

責めちゃいないと言いながら、富五郎は懐手《ふところで》をしたまま、持ち前のべらんめえ口調で、立て板に水と責めたてる。

「いや、面目《めんぼく》ありません」

源次郎は、恰幅《かっぷく》のいい身体を青菜《あおな》に塩とばかり縮めている。

「商売じゃ、越後屋や伊勢屋に引けを取らぬ津ノ国屋源次郎が、女となるとなんでそう甘くなる……」

と言いかけて、口を噤《つぐ》んだ。綾の手前を考えてだろう。

綾もまた息を呑んでいた。

(おさんさんが、身の回り品だけ持って消えてしまったと?)

意外な気がした。仕事は好調なのに。

出奔したと気づいたのは一昨日の十六日だという。

その前から姿は見えなかったが、どこかへ出かけたのだろうと、気にも止めなかったらしい。

仕事には厳しく、あんなお広めにも自ら加わるような源次郎が、情人《おんな》と噂されるおさんに易々《やすやす》逃げられたらしい。

何とも間抜けた感じの不祥事《ふしょうじ》だった。

「おやじさんの仰る通りですわ、弁解の余地はないです」

と源次郎はますます自虐的《じぎゃくてき》に肩をすぼめてみせる。

障子《しょうじ》を透《す》かして入ってくる日の光は薄らぎ、座敷内は薄暗く、ひんやりとしてきた。綾は二人に茶を出すと、行燈《あんどん》に灯を入れ、火鉢に炭をつぎ足した。

「とはいえ、ちっと弁解させてもらえば、どうもおさんには、よく分からんところがあるんです」

源次郎は言い、また口を閉ざした。

綾は自分の存在が邪魔しているのだろうと思い、火桶を持って、そっと部屋を出ようとした。すると、ああ、綾さんと声がした。

「そこで、聞いてもらって構いませんよ。もし忙しくなければだが、あんたの意見も聞きたいんで……」

と源次郎は引き留めた。

「いや、どうも、男じゃ分からんこともある」

了解を得るように富五郎に目を向け、相手が頷くのを見て、また言った。

「これは前に少し話したと思いますが、もうちょっと聞いて頂きたい」

そこで茶を美味そうに啜《すす》って、おもむろに話し始めたのである。

五

源次郎がおさんという女を知ったのは、七年前だったという。

津ノ国屋がお針子を募集した時に、その引札を見て、おさんが応募してきた……というのが公《おおやけ》の説明である。

だが実のところ、もう少し前から知っていたのだ。

その冬の夜更け、たまたま源次郎が上野黒門町《うえのくろもんちょう》で呑んだことがある。

この年は、横濱に支店を出すという大きな事業計画があり、その関連の打ち合わせが続いていたのだ。それがお開きになってから、さらに身内の手代《てだい》らと、馴染みの居酒屋に立ち寄った。

そこに夜回りの男が飛び込んで来た。

この夜は不忍池《しのばずのいけ》に氷が張りそうな寒さだったが、夜回りが拍子木を鳴らしながら上野黒門町に差しかかった時、前方の池の淵に、黒い人影が動くのを見た。

異変を感じて駆け寄ると、船着場に降りて行く足音が聞こえ、提灯《ちょうちん》を高く掲《かか》げると女と思《おぼ》しき影が見えた。そこに繋がれていた小舟を出そうとしたようだが、灯りに照らされるや、舟に隠れるようにしゃがんで自ら池に飛び込んだ……。

夜回りはとっさに石段を駆け下り、舫《もや》い綱を解《と》いて漕ぎ出し、何とか娘を引き上げたという。十六、七の娘に見えた。

すぐに横丁の呑み屋に運び込んで、助っ人を頼んだ。

源次郎は二、三杯空《あ》けたばかりで、まだ真夜中でもない。それを聞いてすぐそこに居合わせた者らで現場に駆けつけ、最寄りの診療所へ運んだのである。

医者の話では、命に別状はないが体調を崩しているから、二、三日ここに置いた方がいいという。源次郎は持ち合わせの金を見舞いとして置き、後を託して引き上げた。

その翌日は横濱へ出掛けて、見舞いにも行けぬままになった。

七年前といえば、ペリー来航から五年めの安政《あんせい》六年（一八五九）。神奈川がいよいよ開港される、歴史的な年だった。

幕府は絹織物の輸出を奨励するため、江戸の主だった呉服商に呼びかけ、公認の絹織物商人として、横濱への進出を勧めていた。

先代喜兵衛はそれに応じて、横濱に源次郎をたびたび派遣し、海外市場開拓の可能性を探らせていたのである。

源次郎はそれから一月《ひとつき》ほどして帰宅した。

そして留守中に、おさんという十七、八の娘が訪ねて来たことを知った。その名前に源次郎は記憶がなかったが、その娘は、池に落ちて命を助けられた者と説明し、せめてものお礼にと、自分で刺した刺子の足袋を置いて帰ったのだという。

そんなことがあったのか、と何気なくその足袋を見て、目を瞠《みは》った。その針さばきは素人《しろうと》の手とは思えぬ見事なもので、一目で〝裁縫《さいほう》の才あり〟と見抜いたのである。

手代の話では、その娘は、向島《むこうじま》の茶店『まつ屋』で茶屋娘をしているという。源次郎はすぐに使いを出し、おさんを津ノ国屋に呼んだ。

約束の日に現れたおさんは、見違えるような別嬪《べっぴん》になっていた。

あの助けた時の真っ青だった瓜実顔には、生気《せいき》が甦《よみがえ》り、ほんのり化粧もしていて、浮世絵に出てくるような美女になっていた。

まずはあの〝不忍池事件〟について理由を問うたが、

「あの日は酔っていて、よく覚えていません。酔い覚ましに池のそばに行って、足を踏み外したんでしょう」

と言い繕い、詳しくは喋《しゃべ》ろうとしない。

やむなく裁縫歴について訊いてみると、少女のころから浴衣《ゆかた》ぐらいは縫っていたと。十五で田舎を離れてからも、針を手放したことはなかったという。

江戸に出て来たのはその二年前で、茶店『まつ屋』に雇われたが、支給された定番の藍色の着物は、時代遅れだった。着古しの仕事着で、肩の辺りが擦《す》り切れていた。

いかにも見窄《みすぼ》らしいので、勝手にその部分にお洒落なツギを当て、白い縫い糸で刺子にして着たのである。

それが面白がられて、客がつくようになった。

頼まれて、刺子の被り物や、敷物を刺したこともある。

そんなまつ屋の人気茶屋娘を、源次郎は、津ノ国屋のお針子に勧誘したことになる。

背後に何があるにせよ、この娘は今後、店の戦力になると直感しており、すっかり惚《ほ》れ込んでいた。

条件は、最低一年は見習い期間で、給金は雀の涙ほど。住み込みで、三食と寝場所は保証する、というもの。

商売気がなく無口なおさんは、すぐに乗った。

自分の裁縫は、母仕込みの素人仕立《しろうとじたて》に過ぎない、とおさんは言った。

一人立ちして、それで食べていけるような専門の技《わざ》を身につけたい、という言葉が、源次郎を刺激したのである。

おさんは、津ノ国屋のお針子見習いとなって半年余りで、見習いを卒業した。すぐに六畳一間の裏店《うらだな》を当てがわれ、給金も貰うようになって、正規のお針子になったのである。

それから七年を、おさんは津ノ国屋の翼の下で生きてきた。

源次郎はその間、日本橋と横濱とを往復し、土台固めに奔走《ほんそう》していた。自ら支店の頭取もつとめて、海外市場を開拓し、国内の絹織物の生産を押し進めてきたのである。

だが二年前に先代が他界した。

幕府の崩壊を前にして津ノ国屋は倒産寸前であり、その立て直しのため、横濱を部下に任せて本店に戻ったのだ。

おさんの存在に目覚め、酒席に誘うようになったのはそれからのことだ。店でも噂に上る仲になり、おさんのことは大概《たいがい》知っているつもりだった。

だが家族については何も聞いてはいない。

ただいつか、問わず語りにこんなことを言ったことがある。

「母は亡くなり、父の消息は分かりません。兄は陸奥のどこかで生きてるでしょうけど、探す気はないのです」

「どうしてだ？」

「自分のことで精一杯だもの」

津軽で生まれたが、津軽のことは何も覚えていない。ただ初めて見た刺子の記憶だけが、残っていると。

父親は馬や牛の仲買をする馬喰《ばくろう》だったが、博打《ばくち》にのめり込んでいたから、家計はいつも火の車だった。大借金を作って、祖母のいる仙台《せんだい》に逃げたのは、おさんが五つのころだ。

三番めの子で〝お三〟と名づけられたこの娘だけが、一緒だった。

祖母と母親と共に、昼は畑仕事を、夜は夜なべして着物を縫う日々だったが、それも長く続かず、二人が相次いで死んだ。

お三は仙台の遠縁の家に預けられ、すぐ迎えに来ると言って父は去ったが、それきり現れなかったのである。

（父は来ない）

その冷ややかな現実を悟ってから、江戸に出て自分で生きようと考え、ある日、居心地の悪い親戚の家を飛び出した。十六のころだった。

「その話を信じれば、仙台に帰る家はないし、江戸にも身寄りはないだろう。……となれば、おさんの頼る先は、あの向島の茶店しかない。そう考えて、腹心《ふくしん》の番頭に行かせたんですがね。しかし繁盛していた茶店はなくなって、跡地は釣り堀になっていたと……」

「ふーむ。七年あれば、流行の茶屋も釣り堀になるか」

富五郎は腕を組んで、嘆息《たんそく》した。

店の跡地の一帯が釣堀になったので、話を聞こうにも、近所の家もほとんど立ち退いていた。何とかお内儀さんの行きつけの髪結《かみゆ》いを見つけて聞いた話では、店の主人は二年前に亡くなって、その後お内儀さんは店を畳んで、どこかに移って行ったという。

「それ以上は探しようがなくて、お手上げでして」

たぶん源次郎なりに、おさんの立ち寄りそうな所はすでに探したのだろう。途方に暮れて、ここへ来たのだ。

「ふーむ」

富五郎は憮然《ぶぜん》とした様子で煙草盆を引き寄せ、煙管《きせる》に莨《たばこ》を詰めながら、当座の場つなぎらしく、軽く言った。

「綾なら、どう思うかね」

「えっ？」

　突然、富五郎にふられて、綾は面食《めんく》らった。

　一身を救ってくれた大恩人のもとを、無断で飛び出してしまうとは、どんな事情があったのか、と考えていた矢先である。

　自分にとってのこの数年は、無我夢中だった。金もおさんのような技もなく、徒手《としゅ》空拳《くうけん》でここまで生きられたのは、篠屋があったからと思う。

　奉公人が頼るのは、大抵は親代わりである店の主人だが、おさんにはそれが『津ノ国屋』ではなかったのだろうか。

「お前さんならどこへ行くかね」

「篠屋を出たら、私には行く所なんてございません」

　とっさの言葉に、二人は苦笑した。

　おさん――。

　綾は、まだ二度しか会っていないこの女性を思う時、あの日、客を津ノ国屋から送り出した後、放心したように遠くに目を遊ばせていた顔が、思い出される。

　才に恵まれ、客あしらいにも長《た》け、源次郎に見い出されて、早くも成功の糸口を摑んだ幸運な女である。

そんな周到《しゅうとう》で隙のなさそうな女が、時にあんな無防備な一面をもさらけ出すのだ。これまで積み上げてきたものを、こうして惜しげもなく放り出したのは、そんな気まぐれの為《な》せるわざか。

そんなことを考えながら、綾は行燈の灯りを少し明るくした。

「ま、おさんだって、これまでの業績《ことと》を、そう簡単に足蹴《あしげ》にするほど愚かじゃなかろう」

と富五郎が言った。

「男ってこたァねえんだな」

「まさか」

「ただわしが心配してるのは、他の店からいい条件で勧誘されて、そちらに乗り替えたてえことが……」

「あり得ないですよ、そんなことは!」

これまで穏やかだった源次郎の口調が、ふと殺気立った。

「ならいいんだが。お前さんとおさんのことは、わしには関わりはねえからな」

と富五郎は首を傾げやんわり受けた。

「ただこのご時世だ」

おさんはすでに同業から注目され始めている。油断しているうちに、横取りされる恐れは十分にあると、富五郎は案じたのだ。

そんな立場にあるおさんを、しっかり繫ぎ留めていなかった源次郎の脇の甘さを、富五郎は指摘したつもりだ。

先代喜左衛門が、富五郎に商売の相談をするのを見てきた源次郎は、同じようにこの人物を〝おやじさん〟と呼んで、頼りにしている。

おさんを商戦の目玉にすることもすでに決めていたから、それを易々《やすやす》出し抜かれたとしたら、富五郎に叱られて不思議はない。

「ただ、源さん、旦那はどうなんだ？」

富五郎の問いに、源次郎は急に頷いた。

旦那とは現当主で、甥の、鶴之助のことである。

「そう、それですが……」

当主は何につけ保守的で、源次郎とはしっくりいっていない。

それは綾も知っている。大番頭が、あのようなどこの馬の骨とも分からぬ女を前面に押し出すことに、頭から否定的なのだった。

そんな話になって、綾はさりげなく腰を浮かして、座敷を出ようとした。すると今度は富五郎が、ああ、綾……と呼び止めた。

「千吉《せんきち》は帰ってたかな」

「さあ、先ほどはまだでしたが、見て参ります」

「いや、後でいい。見つけたらわしが呼んでいたと伝えてくれ。ところで、源さん」

と源次郎に向き直って、やんわり言った。

「あの千吉は、下《した》っ引《ぴき》だがな、聞き込みや地取り調べはどうして、なかなか気が利《き》いておる。この先、奉行所が健在なら、いい岡《おか》っ引になるはずだったんだが、残念なことった。この際、津ノ国屋の調べ方として、ちょっと使ってみてはどうかね。何か嗅《か》ぎ出してくれることは、わしが保証するよ」

六

奉行所はもうすぐ閉鎖になるため、書類の整理や後片付けに追われ、ほとんど機能していない。

諸藩の大名は、すでにほとんど江戸を引き上げていた。残された空《から》っぽの広大な屋敷には、夜ともなれば黒々とした濃い闇が溜ってる。闇の底に蠢くのは、浮浪人《ふろうにん》と盗《とう》千吉のような怖いもの知らずでも、最近の江戸の夜は物騒《ぶっそう》だった。賊《ぞく》と野犬ばかり。

以前はいつも外で呑んで帰り、賄《まかな》い飯を夜食がわりに食べたが、今は宵《よい》の口に食べる正餐《せいさん》だった。酒も、仕事を終えて帰って来た船頭らと、台所で呑むことが多い。

そんな千吉が、この日はいつもより遅めに帰ってきて、上がり框に五合入りの貧乏徳利と、深川饅頭の箱をドサリと置いた。

「綾さん、例の話だけど、ちょっと分かったことがある」

と手応《てごた》えありげに言った。

三日前に、富五郎から頼まれたことだった。

三年前に潰れた向島の『まつ屋』について、その後の消息を調べてほしいと。富五郎は、源次郎から聞いたおさんの失踪を話した。

依頼者は津ノ国屋源次郎で、経費や報酬は、結果に応じて出すという。

「そこで千吉、お前の出番だ、奉行所仕込みの十手者《じってもの》の力をみせてみろ」

とけしかけたのだ。

「旦那が亡くなっちまったら、後は人別帳《にんべつちょう》には載ってねえよ。近所の家も立ち退《の》いたんじゃ、手も足も出ねえ」

と千吉は綾に愚痴《ぐち》ったが、悪い気はしていないらしい。

「ま、舟で行きゃァすぐだ。暇潰《ひまつぶ》しに当たってみるよ」

といつもの腰の軽さで出掛けて行ったのである。


「で、この徳利とお饅頭は？」

とそこに居合わせた母親のお孝が言った。

「戦利品さ。いや、報酬はたんまり頂くつもりだが、まずは飯だ、一仕事したら腹へった」

「何だねえ、えらそうに。半人前のくせに、腹っぺらしは一人前だ」

とブツブツ言いながら、母親は夕飯の膳を整えてやる。綾がお茶を出すと、口を動かしながら千吉はこんな話をしてくれた。

同じ町内の人々に当たってみたが、分かったのは、お内儀は縁者を頼ってどこかに一人で移って行ったというぐらいだ。

そこで千吉は、まつ屋が酒を取っていた酒屋を同じ町内で探し、まずは貧乏徳利を一本買った。そのついでという感じで、まつ屋のその後を訊いてみたのである。

店の主人は首を傾げたが、たまたま出かけようとしていた御用聞きが、聞き咎《とが》め、一つの情報をくれた。

長年まつ屋につとめた年配の女中お君《きみ》が、今は深川の門前仲町《もんぜんなかちょう》で小さな土産屋を営んでいるという。

その店名も『まつ屋』で、主人に先立たれたお内儀によく仕え、そこそこの元手とその名を譲られたらしい。場所を聞いて、すぐに千吉は舟で大川《おおかわ》を下った。

それは富岡八幡宮《とみおかはちまんぐう》に近い、間口一間の小さな店で、店頭から壁に沿って名産品や銘《めい》菓《か》を並べた奥に、小太りの五十前後の女が座っていた。

お君に違いなかった。

まずは深川饅頭と書かれた菓子の箱を一つ買い、代金に一分銀を払ってつりはいらないと言い、まつ屋のことを訊ねた。

お君はさすがに、〝茶屋娘から津ノ国屋のお針子頭になったおさん〟について、よく知っていた。

だが失踪した話を聞くと、

「え、あの子、津ノ国屋さんを辞めたのかい？」

と驚き、疑わしげに千吉に細い目を向けた。まつ屋にいた時分、あれこれ出鱈目《でたらめ》を並べて茶屋娘を追いかける色男を、何人も見ていたからである。

「いや、おいら、千吉といい、十手を預かる者です。人に頼まれておさん姐《ねえ》さんの行き先を探してるんでさ」

「頼まれたって、それ誰のこと？　津ノ国屋の旦那さんかい？」

千吉は外の雑踏に目を投げて、とっさに思い巡らした。津ノ国屋の名前を出さぬ方が得策ではないかと。

お君はお内儀に見込まれただけあって、周到な女らしい。

「いや、船宿『篠屋』の、綾さんて女中頭なんだけど」

と出まかせを口にした。

「親しくしてたおさん姐さんが、家出しちまったと聞いて、心配してるんでさ。どこなら行きそうか、何か心当たりはねえすかね？」

「そんなこと、あたしなんかに訊いたって分かる筈《はず》がないだろう。おさんちゃんの噂は耳にするけどね、もう三、四年は会ってないんだから」

何を訊いてもお君は首を傾げるばかり。だがこれで引き下がるわけにはいかない。もっと食いついてみようと矛先《ほこさき》を変えてみた。

「ところでおさん姐さんは、一体どんな事情でまつ屋の茶屋娘になったんすかね」

「誰か手引きする人がいたんだよ」

とそれには、あっさりと答えた。

「え、紹介者がいた？」

と千吉は飛びついた。

「ええ、まつ屋の旦那さんは面倒見が良かったの。お店やってると、郷里の人によく奉公先を頼まれるのよ。ほら、国元から江戸見物を口実に出て来て、子どもや娘を置いてく人……。でも旦那さんは断ったことがない。おかげで大店の丁稚になれた子を、あたしゃ何人も見てるよ。あそこの茶屋娘なんて、そんな同郷の子ばかりだったのさ」

「とすると、おさんさんの郷里は……」

「ええ……そのお侍さんと旦那さんが結城藩《ゆうきはん》だったかね」

「同郷のよしみだねえ。で、そのお侍さんの名前は？」

お君は首を振った。

「ずいぶん前のことだし、覚えちゃいないよ。ああ、そういえば……」

ふと思い出したように、お君は往来の方へ目を投げた。明るい表通りには、参拝客と思しき人々が、ぞろぞろと行き交っている。

「店に入ってすぐのころだっけ……。あの子、お針子頭になるだけあって、あの時分からよく刺子を縫ってたんだよ」

その日も暇をみては、熱心に何か刺していた。花瓶の下に敷く敷物のように見えたので、

「花瓶敷き……？」

と訊くと、笑って首を振った。それは〝鞍下《くらした》〟といって、馬の背と鞍の間に敷くものという。

「あら、じゃ馬にあげるの？　それとも馬に乗る誰かさんにあげるの？」

とからかうと、赤くなって言った。

「いえ、お店に飾ってみようと思って……」

だが店頭にそれが飾られた形跡は、なかったように思う。

「ま、それだけのこと。あの子は美人だったから、噂はいろいろあった。でも本命の〝誰かさん〟は、そのお侍だったと思うよ」

「結城藩のお侍が、結城出身じゃない娘を紹介したわけ？」

「さあ、詳しいことは知らないよ」

「おさん姐さんと親しかった茶屋娘、誰か知らんですか」

「そう……お藤《ふじ》って子がいたねえ。年は同じだけど、一年先輩で面倒見のいい子だっ

た」

「そのお藤さん、今、どこにいますか？」

「さあ、どうしてるんだか……」

お君はそこで口を噤んで、その辺りを片付け始めた。

それ以上は何も聴けそうにないと悟り、千吉はさらに一分銀の金子《きんす》を置いた。

「お藤さんについてまた何か分かったら、柳橋の篠屋に知らせておくんなさい。おいら、千吉って言うけど、綾さんでもいい、手紙一本でもいい。知らせがあったら飛んで行くんで……」

「つまりおさん姐さんを悩ましたのは、〝男〟に違いねえ。それがこのお侍だったんじゃねえかってこと」

と言って千吉はお茶を啜った。

「そのお侍は、結城藩の藩士だ。まつ屋の旦那って、江戸に出て成功した先輩として、結城じゃ有名だったんだろうな」

その藩士は、世話好きなまつ屋主人を知っていて、どこかで知ったおさんを託したに違いない。

「問題は、お侍がどこにいるかだけど」

と千吉は言った。

「今のとこ、これ以上は何も分かんねえ。明日にも、結城藩について調べてくるさ」

七

その日、津ノ国屋源次郎は、店の帳場で執務机に向かっていた。日が急に長くなって、表通りにはまだ昼の光が満ちている。

源次郎は先刻から腕を組んで、一冊の帳面の開かれた頁に、じっと目を落としていた。

その帳面は、今年の正月大売出しの日の、顧客名簿である。

どの店員がどの客を招《よ》んだか、分かる限りは記してあり、それは営業成績につながる大事な資料となるものだ。

源次郎は今度のことで、おさんが招んだ客に着目し、すべてを書き出してみた。その十数人の中で、親しい関係と思われる人物には、お礼と称して手代を赴《おもむ》かせ、さりげなくおさんのことを問わせた。

手がかりはまだ何もないが、出来ることは、何でもやるつもりだ。何もかもが腹立たしく、無性《むしょう》に悔しくて仕方がない。

（あの狸《たぬき》オヤジが！）

とまず富五郎が腹立たしい。

おさんの失踪を知った時、足元が崩れるような衝撃を受けた。

津ノ国屋の内部は分裂しており、誰も信用出来ない中、おさんだけは味方と信じてきたのである。自殺未遂をやらかしたこの女を救い、その才能を見出して、ここまで育ててきた。

共にこの苦境を乗りきり、将来は改革派を率いて、新しい津ノ国屋を興《おこ》す計画さえ進行させている。海外の市場《しじょう》では、日本の昔懐かしい民芸調の産物や、織物が渇望《かつぼう》されていた。

おそらく生産に間に合わないほどの注文が、殺到するに違いない。

なのに、それを知っているあの女は、平気で裏切った。顔色変えてうろたえた自分は見苦しいが、どうして冷静でいられたろう。

源次郎には、二十五で旗本家から迎えた妻がいる。

だがいつしか名目《めいもく》だけの夫婦になり、息子を産んでからは、妻は病いを理由に実家から帰ってさえ来ない。以来、気ままに生きて来て今は三十五の男盛り。新しい将来を、考え始めた矢先だった。

富五郎には、こんな動揺を悟られまいとしていたが、あっさり見抜かれて面罵《めんば》され、心穏やかではない。

（あの、食えない狸オヤジが……）

自分の放埒《ほうらつ》さは棚に上げて、と内心罵《ののし》った。

だが帰宅して冷静に考えてみると、富五郎の言う通りだった。おやじは、源次郎を馬鹿にしたのではなく、〝活《かつ》〟を入れたのだ。

考えてみれば、なるほど自分はあの女には大甘《おおあま》だった。

そもそも手を打つのが遅かった。

初めから津ノ国屋の誇る探索方を使えば良かったものを、鵜《う》の目鷹《たか》の目で自分の弱みをあげつらう鶴之助派を恐れ、腹心の番頭を調査に行かせた。鶴之助が統括しているとはいえ、探索方を組織して、全権を掌握しているのは、この自分なのに。

おかげでまだ、これといった情報も取れていない。

（もし、他の呉服屋から勧誘され、乗り換えたとしたら？）

富五郎の示唆《しさ》したその疑惑は、自分もとうに考えていたことだ。そうであったら、ただでは引き下がらんと思う。

（しかし、もし、男だったら？）

それは最も悩ましい。

千吉からはまだ報告はないが、もしそうであったら……と考えると、胸にメラメラ燃え上がるものがあった。もしそうであったら、殺す。

殺す？　胸をよぎったそんな物騒《ぶっそう》な言葉に、ハッと我に返った。こんな姿を、富五郎にも店の者にも見せてはいけない。

源次郎は自分を戒《いまし》め、改めて帳面に目を落とした。

あと一人だけ、訪ねていない人物がいる。

頁には〝お藤〟とだけ記され、連絡先が書かれておらず、調べようがないのだ。あの売り出しの会場に来たようだが、改めて紹介もされなかった。たぶんおさんの古い友達だが、自分に紹介するほどの身分ではないのだろう。改めて千吉に頼み、このお藤を調べてもらおうか……。

そう考えた時、帳場の仕切りの外から声がした。

「今、よろしいですか」

顔を上げて見ると、外に手代頭の友蔵《ともぞう》がいた。

「先ほど、伝吉《でんきち》が戻りましてございます」

「おう、帰ったか。よし、奥で茶を飲みながら聞こう」

パタリと帳面を閉じ、机の引出しにしまって立ち上がった。

源次郎は、国内外の商売の拠点に、多くの探索員を放っていた。俗にいう密偵《みってい》で、伝吉もその有能な一人だった。

実は今回は、下総《しもうさ》一帯を視察して来る予定だった。

ところが、伝吉が出発する直前に、おさんの出奔騒動が起こった。

伝吉と最後の打ち合わせをした時、源次郎は上《うわ》の空だったが、その時ふと思い出した言葉があったのだ。

「結城紬《つむぎ》の買い付けを、増やしてはどうですか？　戦でもあったら、行き先どうなるかわからないでしょ」

少し前のことだが、おさんがそう言ったのだ。お針子のおさんは、地方で生産される織物に興味を持ち、よく取り寄せてもいた。

だからその時は大して気に留めなかったが、この時ふと気になった。下総の北の端にある結城は、高級な絹織物〝結城紬〟の産地として、津ノ国屋は古くから商取引がある。

源次郎も兄喜左衛門の代理で、何度か訪ねたことがある。

この藩は、以前から保守派と開明派《かいめいは》を巡って、内紛が絶えなかった。ここ数年は、徳川派と薩長派《さっちょうは》の対立となって表面化している。

特に今年は、容易ならざる事態も予想され、早くから密《ひそ》かに探りを入れていた。おさんのこの発言は、そんな時流と重なっている。

地方の小藩の事情を、おさんはどうして知っていたのか？

そういえばいつだったろう。織物の模様を見て、これは〝沢瀉《おもだか》〟という植物で、結城藩の家紋にも使われている、と言ったことがある。

職業柄、源次郎はそれを知っていたし、図案をよく見ているおさんが知っていても当り前で、気にもしなかったのだ。

だが考えてみると、ただのお針子が織物の模様の意味まで調べるだろうか。と何となく気になった。杞憂《きゆう》にすぎないとしても、商売柄、結城藩の現状を知っておくのは決してムダではない。そこで今回は下総全体ではなく結城藩に絞り、その政情を見聞して早急に報告せよと命じたのだった。

「どうだ、情勢は……？」

源次郎はどっかりと胡座《あぐら》をかいて座り、まずは大局を問うた。

「これは戦になりますぞ」

と伝吉は報告した。

「なるか」

「はい、この藩の殿様は筋金《すじがね》入りの徳川派で、やる気十分でございますな。この一月、国家老が江戸藩邸に駆けつけ、もう徳川の時代ではないと説得した……そこまでは、前に報告した通りでございまして。ところが最近、殿様は、徳川家から、上野山警護と彰義隊《しょうぎたい》の指揮を命じられたそうですよ」

「ふむ」

源次郎は呟《つぶや》いて、中庭に目を向けた。

この執務室は中庭に面していて、開け放った障子の向こうから、春の空気がたっぷりと押し寄せてきた。中庭の池には、白じろと花開いている小手鞠《こでまり》が、枝を差し伸べている。

日本橋の中心とは思えぬほど静かで、大川を上り下りする船のざわめきが、風に乗って入ってくる。

「下総結城藩は、一万八千石。小藩であるゆえに、藩としての身の処し方は難しい。

どうあっても朝廷方につかないと、この先大変です」

伝吉が切り出すと、源次郎は脇息《きょうそく》に肘をついて、熱心に聞いた。友蔵もそばにいて、神妙に頷いている。

今も国元で隠然《いんぜん》たる力を持つ前藩主の勝進《かつゆき》は勤王派《きんのうは》だった。多くの重臣達もそれを支持した。

ところが養子で現藩主の勝知《かつとも》は江戸にいて、徳川愛顧の佐幕派《さばくは》である。

「この父子対立が、藩の立場を曖昧にしてきたのであります」

しかしこの正月の戊辰戦争で、徳川軍が敗北したことで、諸藩がいよいよ立場を旗《き》幟鮮明《しせんめい》にしなければならぬ時が来た。

小藩とはいえ、結城藩もすみやかな対応に迫られた。

「何しろ国元は勤王、江戸藩邸の殿様は佐幕……ですから。案じた恭順派《きょうじゅんは》の国家老が江戸に駆けつけ、お諫《いさ》め申しました」

だが殿様はどこ吹く風と、思いもよらぬ行動に出たという。

三月一日、勝知は旧幕府から、〝彰義隊の指揮官として、上野山の守護に当たれ〟という下命《かめい》を受け、喜んで引き受けたのだ。

仰天《ぎょうてん》したのは、恭順派の重臣たちだった。

「いよいよ結城藩は、新政府に〝逆賊《ぎゃくぞく》〟の烙印《らくいん》を押されますぞ」

江戸にいた重臣らは騒然となり、急きょ赤坂藩邸に集まって、藩主を本殿書院の間に押し込め、隠居を迫った。

家臣らに囲まれ蒼白になった勝知は、逃げられないと悟ってか、ただちに筆をとって、〝私儀《わたくしぎ》、隠居して家督を勝寛《かつひろ》（前藩主の子息）に譲る〟という念書を書いて、恭順派に与えた。

しかし彰義隊は辞退せず、徳川派の看板は下げなかった。

そんな三月十日、勝海舟《かつかいしゅう》と西郷隆盛《さいごうたかもり》により、江戸城の無血開城が実現する。

その翌十一日、勝知は佐幕派三十数名を率《ひき》い、全員が火事羽織を羽織って赤坂御門《あかさかごもん》を通り抜け、家老ら勤王派に制圧されていた結城藩上屋敷を、我が手に取り戻したのである。

江戸表のこの動きが、いよいよ国許に及んだ。

「この殿様は、彰義隊を使って、我が藩の勤王派を征伐《せいばつ》することを、画策《かくさく》していますﾞ」

「なんと、藩主が我が藩を攻撃するのか？」

「攻撃じゃなく、〝鎮撫《ちんぶ》〟と称しておりますがね。今のところ国許では、二百名以上が、穏健な国家老に従っています。藩主側は四十人ほど。さらに彰義隊から五十余名が出兵するそうです」

「…………」

源次郎は、呆然《ぼうぜん》とした思いに囚われた。

もし、こんな結城藩の動きを逐一《ちくいち》追っていたとしたら、おさんは内乱が始まる直前を捉えて、出奔したことになる。

何故だ？

藩に想い人がいるからか。

「町はどうなっておるか、外部から人が入れるか？」

「いや、それは無理でございます」

伝吉はおもむろに地図を広げて、町への出入り口を指さした。

「出入り口はここここですが……どこもかしこも警備隊に固められ、外部の者は一歩も入れません。足止めされた旅人や、訳ありの女たちは、町の外で様子を見ておるようで……」

と結城城から六里《り》ほど南を流れる一本の川を示した。

「これは江戸川《えどがわ》上流ですが、その境河岸《さかいがし》は賑やかで、船宿が多いんです」

「なるほど」

源次郎はそう呟いて、しばらく見入っていた。女中が差し出した茶碗を摑み、一気に音を立てて啜った。

「混乱しているのは商人ばかりじゃないな。結城藩は混乱の極《きわ》みで、結城紬の取引は据え置きだ……」

と誰にともなく言い、地図をさらに見てぼんやり考えた。

（このどこかに、おさんはいるのだろうか……）

八

「赤坂の結城藩邸に、おいら、ちょっと寄って来たよ」

その日帰ってくるや、千吉は少し得意そうに言った。

先輩に会って、結城藩のあれこれを聞いて来たのだが、その帰る途中に、赤坂南部《なんぶ》坂《ざか》というゆるい坂があり、それを上れば藩邸だと聞いたので、寄ってきたと言う。

篠屋は午後の暇な時間で、厨房にはお波《なみ》やお孝の姿もない。

綾はすぐにそばに行って、話を聞いた。

その坂道を登りきって、二つめの角を左に折れて進むと、右側にどっしりした結城藩上屋敷があった。表門の格子の出窓の奥が番所だったが、屋敷はひっそり静まって、人の気配もなかったという。

「聞いた話じゃ、今にも戦がおっ始《ぱじ》まるんだってさ。藩主も家臣らも、とうに江戸を出て奥州街道を下っており、結城藩に近づきつつあるらしい。江戸藩邸が静かなはずだよ」

千吉は水を呑みながら続けた。

「たぶんおさん姐さんも、結城の城下町に行ったとおいらは考える」

千吉は、自信ありげに言った。

「想い人がいるに違いねえ。戦でいつ命を落とすかも知れんから、何もかも放って会いに行った。そうとしか考えられん」

綾も頷いた。

そんなことを二人であれこれ喋っていると、勝手口の戸を遠慮がちに叩く音がした。

綾が立って行きそっと開くと、

「すみません……」

とそこに二十五、六の女が立っていて、頭を下げたのである。

「あのう、こちらに綾さんか千吉さんはおいでですか。私、深川の『まつ屋』から来た者です」

「あら、それはそれは、私が綾です。まずは中へ……」

女は、藍色の仕事着を着ており、勝手口からおずおず入って来る物腰からして、自分と同じ立場だろうと綾は思った。

「おいらが千吉だけど、まつ屋って、お君さん一人じゃなかったの？」

千吉が飛び出して来て、声を上げた。

「いえ、おかみさんは帳場を、私は売り子をしてます」

「じゃ、おいらが訪ねた時は留守だったんだね？」

「はい、出ておりました。申し訳ありません」

とその女は、小さく笑った。

小柄で地味で遠慮がちだが、人柄の良さが、その伸びやかな表情に表れているように見える。

「それで御用のむきは？」

千吉はそれが知りたくてせきたてた。

「実は昨夜、おかみさんから話を聞いて、驚いて飛んで参ったんです。おさんちゃんのことは何も知らなかったから。ええ、ちょっとお伝えしたいことがあって。ただ……」

言いかけて迷うように綾の顔を見、急に声を低めた。

「ただ……あの、綾さんは、津ノ国屋様と、お親しいんですか？」

「私が？　まさか。たまに篠屋に来られた時、お見かけするだけで」

「すみません。津ノ国屋様に知られると、おさんちゃんが困るので、くれぐれも内密に願いたいのです」

「はい、心得ました。ここでは何ですからどうぞ奥へ」

綾は帳場のお廉に断って、表玄関横の待ち部屋に案内した。ここには土間と六畳の座敷がある。

「わたしは、藤と申し、おさんちゃんと一緒に茶屋娘をしてました」

上がり框に腰を下ろすと、相手はそう名乗った。

「あれっ、あんたお藤さんか？」

千吉が上《うわ》ずった声を上げた。

お藤は造り酒屋の若旦那に一度は嫁いだが、そのあまりの素行《そこう》の悪さに、一年で逃げ帰って、お君が開いた土産屋『まつ屋』に、売り子として雇ってもらったという。

「でも、おさんちゃんとは、あの売り出しの日に会ったきりなんです」

とお藤は堰《せき》を切ったように話し始めた。

「あの人がどこかへ行ったとしたら、結城藩しか考えられなくて」

「それはどうして？」と綾。

「あの国は今、内戦が起こりかけて大混乱なんです。あの人の恋人《いいひと》は、あそこの藩士ですから」

「津ノ国屋さんじゃなくて？」

「いえ、有村《ありむら》様というお方です。おさんちゃんはその方が亡くなったという誤報を信じて、上野の池に飛び込じゃった人だから。その時、助けてくれたのが、津ノ国屋の源次郎様でしょう」

有村一之丞《いちのじょう》は、おさんより二つ三つ上で、国家老のお使い番の立場にあり、国元と江戸屋敷の間を始終、馬を飛ばしていた。

だが去年から今年にかけて火急の連絡が多く、おさんにゆっくり会うことはなかったのだ。

「じゃ、おさんさんは、その有村様に会いに行ったわけ？」

「たぶんね……。もう帰らないつもりじゃないでしょうか」

綾は息を呑んだ。

「江戸にいても、危険は多かったんですよ。最近はどうだったか知らないけど、以前、こんなことがありました」

思い出すように、お藤は言った。


おさんもお藤もまだ、向島の『まつ屋』にいたころのこと。

雨が降らないお天気続きの冬で、冷たい川風に埃《ほこり》が舞った。

午後からひとしきり客で賑わったが、冬は日暮れになると客足は途絶えるので、その時刻に店を閉める。お藤がいつものように玄関前に水を撒いて、中に入ろうとした時、続いてお客が入って来た。

目つきの鋭い、三十前後に見える浪人ふうの侍だった。店はもうお終《しま》いです、と言おうとすると、先に相手が言った。

「お茶を一杯、頂きたい」

厨房には誰も残っていない。お藤は自分で茶の支度をし運んで行くと、しきりに周囲を見回していた侍は、急に声を低めて言った。

「この店に、有村一之丞が来るのではないか」

「そういう方は存じません」

と言うと、男はジロジロ見て、嫌な笑い方をした。

「あんた、おさんだろう」

「いえ、違います……」

「いや、隠さんでいい。有村は今、江戸に来てるから、近々ここに連絡が来よう」

侍はすべてお見通しという顔で、懐から書状を出し、これを有村に渡してくれと押し付けて、出て行ったのである。

お藤は急いで店を閉め、この店の屋根裏部屋に住むおさんにそれを渡すと、おさんは平然と開封してザッと目を通し、一言も発せずにビリリと破り捨てた。おさんが席を外した時、その紙片を繋ぎ合わせてみると、勤王派の有村を、佐幕派《さばくは》に誘って蹶起《けっき》を促す言葉が、連ねてあった。

「おさんちゃんは、自分のことまで調べられていると気味悪がって……。上野不忍池まで誘い出したのも、そんな連中でした」

「何があったんすか?」

「味方を装って、有村様が撃たれて死んだと騙《だま》し、上野のどこかの屋敷に誘い込んだんです」

玄関近くの部屋で布団に仰向けになった死体を見せられ、有村だと言われた。覗き込むと有村のように見え、衝撃で倒れそうになったところを、数人に囲まれて奥へ連れ込まれそうになった。そこへ検死の医師が来たことで逃げられたが、来なければどうなっていたか……。

その夜、おさんは独り上野を彷徨い、ふらふら池に飛び込んだのだという。

「その有村様とは、どこで知り合ったんですか？」

「おさんちゃんが、仙台の親戚の家から逃げた時だって。追われて逃げる道中、優しく凛々《りり》しい騎馬《きば》のお武家様が助けてくれたと……」

そばで頷いて聞いている千吉を見て、お藤は小声で言った。

「あの、お願いがあります。おさんちゃんを連れ戻しに行く時は、私も呼んでくれますか？」

「そ、そりゃ無理っすよ、結城はごった返して危険だし」

「私は結城の者ですよ、道案内が出来ます。ほら、これが結城への地図です」

と懐から、古くなった地図を取り出した。お藤はそれを言いに来たのだろう。自分はまだ一度も帰ってないが、

「地図はいつも見てるから、すっかり道順は覚えてるんです」

とお藤は涙ぐんだ。

九

「ふーむ……」

聞き終えて富五郎は唸《うな》り、火鉢に翳《かざ》していた手をこすり合わせて、煙管の莨に火をつけた。

お藤が帰ってから、近くの集会所に来ている富五郎を、千吉が連れて帰ったのだ。待ち構えていた綾は、〝津ノ国屋には内密に〟という条件で、お藤から聞いた話を打ち明けた。

聞き終えた富五郎は、深く頷いた。

「しかし、結城藩がそこまで煮詰まってるとはのう」

それきり黙って莨の煙を吐き出して、何か考えていた。だがしばらくしてこう言い残し、どこへ行くとも言わずに出て行った。

「わしはちょっと出かけるが、晩飯は家でとる。それが終わったころ、帳場に集まれ。千吉に、磯次《いそじ》、綾だ」

その夜、富五郎が夕餉を終えると、磯次と千吉が帳場に集まって、お藤が置いて行った地図を畳の上に広げた。

説明するのは富五郎で、皆は地図に乗り出して覗き込んだ。

江戸から結城に通じる陸路は、奥州街道《おうしゅうかいどう》から、粕壁宿《かすかべじゅく》で日光東街道《にっこうひがしかいどう》に入ることだ。この街道を北上し、関宿《せきやど》、境町《さかいまち》、諸川《もろかわ》……を経て結城宿に至る。徒士《かち》や騎馬ではこの道を使う。

また深川から水路でも行ける。小名木川《おなぎがわ》から江戸川を上って行けば、境町にある境河岸の船渡しまで、一本だった。

そこから結城城までおよそ六里弱。下りは早く、一夜で深川に到達するから、結城藩の物資の輸送や、周辺の諸藩の年貢《ねんぐ》や、山形の紅花《べにはな》などにも、この河岸を利用するという。

「磯次よ、深川から江戸川の境河岸まで、どのくらいかかるかね？」

「はて……漕《こ》いだことはねえですが、境河岸は、利根川から江戸川に岐《わか》れる辺りでね。河岸には船宿や旅籠《はたご》が並んで、賑やかな町だがねえ。ただ下りは早《はえ》ぇが、上りとなりゃ……どうですかねえ」

ような気がした。

「あの河岸と深川の間は、乗合の高瀬舟《たかせぶね》が、結構出てますよ」

部屋に茶を運んできた綾は、そのまま座って聞いていたが、おさんはこれで行った

だが磯次は何のことやら、聞いていない。

「しかし、その結城まで、誰が行くんで？」

と腑《ふ》に落ちない顔で訊いた。

「いや、これは他言無用の話だが、結城藩じゃ、近々に内戦が始まるらしい」

富五郎は、千吉やお藤から得た情報をここで語った。

「ま、そんなこたァわしらに関係ねえんだが、その戦で死ぬかもしれん藩士《おとこ》に逢いに、何もかも放り出して行った女がいるんだよ。最近少し名が知れてきた、津ノ国屋のおさんだ。商売が絡《から》んでるんで、源さんは弱ってる。しかし相手が武士で、戦を覚悟しておれば、おさんといえども、足手まといになるだけだ。まさかの話だが、後追いなんてバカなことになる前に、誰かが連れ戻して来てほしいのだ」

「…………」

富五郎の説明に、皆は信じられないという顔で周囲を見回した。

「舟便はどうだ」

「おいらを使っておくんなさい」

と気丈にも千吉が買って出た。

「ただ行くだけじゃねえんだぞ。おさんを説得して連れ帰らねばならん。お前にそれが出来るか」

「……………」

「わしは綾に行ってもらおうと思う」

「えっ」

飛び上がったのは、後ろで聞いていた綾だった。

「綾はどうだ、何か考えはあるか」

「いえ、無理です、知らない土地なんてとてもとても！　一体どこへ行けばいいんだか」

そう言いながら、ふと思い浮かんだことがある。二度しか会ったことがないのに、その二度とも耳にした言葉が、〝船宿〟だった。

〝篠屋さんて船宿ね〟と口にした時の独特の口調が、何となく耳に残っている。今、磯次から、境河岸には船宿が並んでいると聞いた時も、それを思い出したのだ。

「私にはとても無理ですが、ただそういえば……」

　と綾は言った。

「先ほど磯さんが、境河岸の船宿のことを言ってましたね。城下町に入れない旅人のことは、そこで訊いたら何か分からないでしょうか」

「うむ、ではやっぱり綾に行ってもらおうか」

　富五郎は機嫌よく頷き、煙を吐き出した。

「ただ、急がねばならん。つい今しがた聞いてきたんだが、もう彰義隊と殿様の軍は現地に着いておるそうだ。戦が始まっちまうと、混乱で動けなくなる。明日には発《た》った方がいい」

「…………」

「ただしこういう時期だ、深追いするな。成功でも不成功でも、三日で帰れ。行きは、高瀬舟を使うのがいい。帰りは境河岸に磯次の舟を待たしておくから、舟で、深川まで一気に下れ」

　その時、玄関にお客の声がした。

　すぐに甚八《じんぱち》が、帳場の外から声をかけて来た。

「旦那様、津ノ国屋様がお見えですが……」

「おう、ちょうどよかった。ここにお通ししろ」

十

「や……」

帳場に入って来た源次郎は、そこに集まっている顔ぶれを見て、一瞬怯《ひる》んだようだった。

「皆の衆、お集まりですな」

「いや、いい時に来た。こちらから行こうと思ってたんだ。まあ、座れ」

と富五郎は声を弾ませた。

「いま、皆で話し合っておる最中なんだよ。千吉の活躍で、どうやら尋ね人は結城にいそうだと、ひとまず結論を出した。明日にも高瀬舟で出発してもらうがな、どうだ、何か心当たりはないかね？」

「ああ……」

源次郎は妙に恐縮したように、入口近くに畏《かしこ》まって座った。

「おやじさん、実は手前も、その件で参ったんですがね、はい、実はその件は……」

と言いにくそうにいかつい太い眉を顰め、複雑な表情を隠すように頭を下げた。

「実は、その、それはひとまず解決したんで、無かったことに……」

「解決？……どういうことだ」

「つ、つまりですな」

と源次郎は少し口ごもった。大柄な体がまた、青菜に塩状態になった。

「お陰さんで、帰って来たんですよ」

「誰が？」

「おさんが津ノ国屋に帰って来たのです」

「えーッ」

そんな悲鳴に似た声が、一斉に上がった。

「……てえことは、この話は終わりだと？」

「そ、そういうことになりますか。お騒がせしてすまんことでした」

「…………」

一瞬、部屋はしんと静まり返った。

「そいつは何よりだ」

熱のこもらぬ声で富五郎が言い、腕を組んだ。

「ただ、こちらも有村一之丞なる結城藩士の名を特定しておる。そうであるのかどうか一応の説明をしてもらえるかね」

「そ、そりゃ当然ですよ、おやじさん。いや、実はこの私も驚いているんで、何ともはや……どう申していいやら」

源次郎は正座したまま、口ごもりつつ続けた。

「今日の昼前ですよ。朝の打ち合わせがあって、手前が作業場に見回りに行ったのは、四つ半（十一時）ごろでした。そこにはお針子が二十人近くいて、刺子を製作しておるんです」

作業場に入る時は、常に襷《たすき》をかけるのを習慣にしているが、その時、内懐を探ってそれを忘れたことに気がついた。

取って来ようかと一瞬立ち止まった時、入り口に立って、こちらを見ている女がいたのだ。

声をかけようとしてギョッとした。

上は藍木綿の地味な野良着に、下は簡単な作業袴。赤い襷を掛け、藍色の手拭いを姉さん被りにした、目の切れ上がった女である。

（おさん……？）

すぐには言葉が出なかった。

それでなくても何日かの眠れぬ夜を過ごし、爽快《そうかい》とはいえぬ気分である。今朝などはいっそ早く起きて、縁側の戸を開け、まだ薄墨色《うすずみいろ》が混じる明け方の庭をしばし眺めていたものだ。

「お早うございます」

いつもと変わらずに挨拶するおさんを、源次郎は見知らぬ人を見る目で見た。挨拶は返さず、指を立てて執務室に来るよう示し、身を翻してその場を立ち去った。

しばらく待たせてから、おさんは奥の執務室に入ってきた。

姉さん被りも襷もとり、髪はいつもの簡単な櫛巻きに結《ゆ》っている。着物は先ほどの仕事着のままで、座敷に入った辺りでぴたりと正座し、両手をついた。

「このたびはご迷惑をおかけし、まことに申し訳ございませんでした。少し思うところがございまして、江戸を離れておりました。でも、もし……お許し頂けるなら、またここで働かせてくださいまし」

おさんは淡々とそう謝罪したが、源次郎は睨《にら》み据《す》えるようにして聴き終え、しばし沈黙した。

おさんはじっと頭を下げたまま、何も言わない。

　ここ数日、昼も夜も、おさんの耳に響いていたごうごう……という川の音が、まだ耳から離れていなかった。

　船宿は利根川から江戸川が岐かれて下る、分岐点に位置するためか、川はひどく複雑な音を立てていた。

　昼間の堺河岸の土手には、溢れる春の日差しを浴びて菜の花が咲き乱れている。だが夜ともなると、一帯は恐ろしいほどの深い闇に包まれ、川音だけが響いた。

　それを聞きながらおさんは、いつか遠い昔、こんな所に住んでいたことがあるように、思われるのだった。

　生まれ故郷の津軽か？　いやもっと前、そう、記憶も途切れる前世だったかもしれない。そこへ戻りたい気持ちをそそるものが、その川音にはあった。

　源次郎はややあって咳払いし、単調に言った。

「なぜ帰ってきた」

「…………」

「追いたいものがあれば、徹底して追うのが、お前の流儀だろう」

「はい」

　とおさんは顔を上げて頷いたが、

「ですけど、私の追いたいものは、こちらにあるのです」

と言い、おもむろに懐から一本の赤い紐を取り出し、両手で広げて見せたのである。

「旅のつれづれに、このようなものを刺しました。ただの紐ですけど丈夫ですから、襷かお寝巻の腰紐にでも使ってくださいまし」

と立ち上がり、裸足の足を畳に擦る音を立てて近寄ってきて、源次郎の前に置いた。

(何のつもりだ……)

どんな謎掛けか知らんが、こんなもので騙されはせんぞ、と源次郎は険しい顔で手にとって見る。二枚重ねの半寸ほどの白い紐に、赤い糸で刺した刺子だった。糸は布いっぱいにきっちりと刺してあり、紐の終わりまで、一刺し一刺し、丁寧に針を入れてある。

(赤い糸か)

その意味が浮かび苦笑する気分で見ていると、針を手にしたおさんの、よく動く白いしなやかな指が見えるようだった。

ふと胸に迫るものがあって顔を上げる。

その視線はおさんの顔を超えて、遠い結城の里を見ていた。

以前、商用で、堺河岸から結城城まで歩いたことがあったのだ。城下町の外は、見渡す限り起伏のない平地だった。どこまでも続く田畑の彼方《かなた》に霞《かす》んで見えたのは、筑波山《つくばさん》だろうか。街道筋には菜の花が咲き乱れていたから、春先だったと思う。

「この田んぼの畦《あぜ》には、夏になると、夏椿に似た白い可憐《かれん》な花が咲くのですよ。〝おもだか〟という花でしてね、それが結城水野家《みずのけ》の家紋になったんです」

と、同行者から聞いた。

長閑《のどか》な景色に見とれていた時、遠くから馬の轡《くつわ》の音がしたのも、忘れていない。振り返ると、地平線の彼方から白い砂埃《すなぼこり》が巻き上がって近づいて来る。

城に向かう騎馬の一隊だった。

先駆けが一騎、後に六、七騎が続いて来た。

真ん中辺りの一騎が、おそらく用人か伝令だろう。

目前を走りすぎる時に見た馬上の武士は、陣笠の紐を顎の下で結び、無紋の黒羽織の下は筒袖の上着、下は細い洋式の段袋で、長刀を差していた。

たぶん江戸から疾駆《しっく》して来たのだろう。長距離を駆けてきた証《あかし》に、汗ばんだ浅黒い顔に埃が白く張り付いていた。引き締まった眉の下から、眼が鋭く光っていた。

絵になるその騎馬武者に思わず見惚れた。

武士は長身を前倒しにして馬に跨がり手綱《たづな》を握っていたが……。近くに差し掛かった時、沿道に立ち尽くし見惚れている商人が気になったのだろう、少しだく足になったようだった。

するとと後に続く馬が、すかさず追い越して行く。

遅れじと、武士はすぐに馬に鞭を当て、何ごともなかったように追いついて、白い埃を舞い上げて走り去って行った。

（おそらく……）

と今にして思うのだ。

おさんが何もかも捨てて逢いに行った男とは、あのように目の覚めるような凜々しい武士ではなかったろうかと。

この赤い紐はもしかして、その武士のために刺したものではないのか？　なぜかそれが自分の元へ収まった……？

そう意地悪くこじつけて考えると、ふと笑いたくなった。

自分は凜々しくもなければ、馬術も下手だった。いつも兄や甥の下で動く黒衣《くろご》であり、華々しいところなどまるでない。

時には化粧までして太鼓を叩き、「津ノ国屋〟ございます」と大道を練り歩く道化者にもなる。それを鶴之助がよく罵るように恥ずかしいとも思わず、むしろ面白がっている。いわば二番手の男だった。

だがいずれもう武士の世は終わる。

あのような武者ぶりは幻となり、芝居か浮世絵でしか見られなくなるのは時間の問題だろう。

おさんは、そうしたことを見極めて帰ってきたのか？

いや、この女のことは未だによく分からない。だが確かなのは、おさんは二番手のおれに、赤い糸を託したということなのだ。

（それでいいではないか）

と源次郎は思う。

そんなことだから女に逃げられるんだ、という富五郎の言葉がまたしても思い出され、不機嫌に引き締まっていた頬が少しゆるむのを感じた。

あの親爺に何と言おうか。ともあれ千吉らには、手厚く酬いなければ……。

（まあいいさ、勝負はこれからだ）

「そうか……」

と源次郎は、おさんの強い視線を受けて、難しい顔のまま頷いた。

「ま、少し休め。それから、作業場を見回っておくように」

やがて津ノ国屋が売り出したのは、おさんの考案した刺子であり、これからの女子に向けた〝洋服〟だった。

日本製品を渇望する海外で民芸品は爆発的に売れ、また東京では洋服の人気が高まっていくことになる。

津ノ国屋は息を吹き返し、商戦の最先端に躍り出るのだが、それまではもう少し時間を要する。

また、鳴物入りの街頭宣伝業が、〝チンドン屋〟として人気を博すようになるのは、明治も半ばになってからのことである。

第二話　柳橋落ちた

一

「ひゃァ、ひでえや、今夜はどこもかしこも錦布《きんぎ》れだらけだ。蟻《あり》の這い出る隙もねえッすよ」

　言いながら、下っ引の千吉が飛び込んできた。

　慶応四年五月十五日の、雨に濡れる未明のことだった。

「ほんと、あっちもこっちも鉄砲の行列でさ。この辺りだって、槍衾《やりぶすま》にすっかり囲まれちまってる」

　そうかもしれなかった。

　すぐ近くの柳橋を、ガタガタガタ……と小走りに行き交う軍靴の音が、夜中あたりからずっと聞こえていたのである。

外はまだまっ暗だが、『篠屋』の人々は誰も寝てはいない。とうに身ごしらえをして、台所の板の間に集まっている。

とても寝るどころではなかった。

半刻（一時間）ほど前、駕籠で乗りつけた若い侍が玄関に立ったことで、皆が起こされたのだ。

武士は彰義隊の頭《かしら》の本多某《ほんだなにがし》と名乗り、

「急ぎ、上野に帰りたいのだが、舟を出してもらえんか。今しがた神田《かんだ》辺りから、上野へ出ようとしたが、内神田の筋違門《すじかいもん》を押さえられて通れんのだ」

と忌々しげに言った。

「錦切れの奴らめが、うん、あれは藤堂藩《とうどうはん》だったか……厳重に門を警護《かため》ておって、江戸鎮台《ちんだい》の鑑札がなければ駄目だと抜かしやがる。どう頼んでも通してくれんのだ。こりゃどうも尋常ではない。いや、予想はしておったことだが。そこで、やむなく柳《やなぎ》原土手《わらどて》へ出てみたら、何とそこにもまた錦布れがぞろぞろ溢れておるではないか。実に、物騒この上ない。かくなる上は柳橋から舟を出して、大川を上り、今戸辺りで陸《おか》へ上がれば、何とかなろうかと」

「ああ、どうもなりませんよ、お武家様、それはムリムリ……」

応対に出た番頭の甚八が、とんでもないと手を振った。

「今夜は舟は無理でごぜえますよ。お武家様こそ、よくぞここまで来なすったのう」

「いや、途中に連中はうようよおったがな、腕っこきの駕籠屋のおかげで命拾いしたよ」

彰義隊と聞いて、駕籠屋は銭はいらぬと言い、真っ暗な細い路地から路地へと、抜け道をヒタヒタと走ってくれたのだと。

「しかし、舟がダメとは一体何があったのだ？」

侍は、勢い込んで訊く。

「へえ、つい先ほど……といっても半刻ほど前ですがね。いきなり、錦布れからお触《ふ》れが出たんでさ。たった今から、どの舟も乗るも漕ぐも、ともかく動かすことは禁じると……」

「官軍《かんぐん》の兵が、船宿に、そう触れて回ったのか？」

「へえ、突然のこって何が何だか……。わしら皆叩き起こされちまった。寝てるどころじゃねえってのう。夜が明けりゃ、ドカーンとおっ始《ぱじ》まるんでさあ」

明朝の戦に向けて、真夜中に厳戒体制が敷かれたのだった。

諸藩の軍が一斉に繰り出され、彰義隊に悟られぬよう、夜のうちに秘かに準備を進めたのである。あちこちの門は封鎖され、上野の山は密密と完全に取り囲まれていた。

江戸の市街戦については、先鋒軍《せんぽうぐん》参謀の西郷隆盛《さいごうたかもり》は反対していた。江戸市民を死傷させ、人家を焼いてはならないと。

だが大総督府《だいそうとくふ》補佐で長州《ちょうしゅう》出身の大村益次郎《おおむらますじろう》は、彰義隊の徹底掃討《そうとう》を主張して引かなかった。

今晩中に退路を封じた上で、翌朝一番に大砲を撃ち込む……この強気な作戦で、江戸市街戦の主導権を握ったのである。

「チッ、やっぱりそうだったか」

本多は悔しがった。

夜陰《やいん》に乗じてここまで来たのは、上野に戻らねばならぬ理由があってのことなのだ。

昨今の時局のあまりの混乱に異常を嗅《か》ぎ取り、〝戦が始まるぞ〟と本営に警告しようとした。最近の彰義隊は緊張感に欠け、連日吉原《よしわら》通いの徒《と》が絶えないと聞いていたのだ。

だが時すで遅しか。

上野の台地は、大川と神田川に挟まれた三角地帯にある。

その地に向かう橋や門はすべて封鎖され、舟を押さえられては、すでに包囲されたも同然。本多が通り抜ける隙はなさそうだった。

彰義隊二千余名が輪王寺宮《りんのうじのみや》を奉じ、上野寛永寺《かんえいじ》に立て籠もっていた。だがこの大村作戦によって、上野は、一夜にして孤立してしまったのである。

「分かった。ここはいったん宿所に戻って、作戦を立て直すことにしよう。世話になった」

と本多は狼狽《ろうばい》を隠せず駕籠に乗って、闇の中へ飛び去った。

甚八は軒先の行燈の火を消して、表戸に鍵をかけた。

篠屋の面々は、息を呑んで一部始終に耳を澄ませており、甚八が台所に戻ると、ほっと顔を見合わせた。

船頭は、磯次、六平太《ろっぺいた》、弥助《やすけ》、勇作《ゆうさく》……と顔を揃えている。

だが竜太《りゅうた》だけが、仕事が明けた夕方ごろにどこかへ出かけ、まだ帰っていなかった。

女中はお孝、お波と綾。少し遅れておかみのお廉が、襟をかきあわせながら起きてきた。

通いの板前薪三郎《しんざぶろう》も、裏店《うらだな》から駆けつけた。

当主の富五郎は、自警団に顔を出していて不在。だがこの状況は聞きつけているはずで、いずれ帰ってくるだろう。

夜が明けると、戦が始まる!

そんな殺気立った空気の中で、磯次は、密かに舟を移動させたかったが、正確な事情を摑《つか》まないことには動けない。

そこで身ごなしの軽い千吉を、偵察に出したのである。

肩で息をしながら帰ってきた千吉は、まずは柄杓《ひしゃく》で水をゴクゴク飲んでから、興奮したように断言した。

「あの彰義隊の本多様が言った通りでさ」

すでに諸藩の兵が、町の要所要所をかためていると。

日本橋方面には佐賀《さが》の鍋島藩《なべしまはん》が。この柳橋には、闇の中に軍旗〝中白《なかしろ》〟が翻えっていたから、陣を構えているのは筑前《ちくぜん》(福岡《ふくおか》)黒田藩《くろだはん》だ、と千吉は得意の推察を披露《ひろう》した。

矢来《やらい》さながらに、ずらりと並ぶ兵たちは、抜刀し易いよう刀の柄を白木綿で巻いて腰に差し、手には鉄砲を抱えていて、足音がするとそちらへ向かってサッと銃口を構えるという。

「あれはおっかねえすよ。人には、間違いや手違いってことがある。うっかりして引金を引く奴がいるかもしれねえ。せっかく苦労してここまで生きてきたのに、あの流れ弾一発でお陀仏《だぶつ》じゃ合わねえよ……」

と千吉は首筋を撫でた。

「へん、お前がどんな苦労をしたってさ」

とお孝が笑っていると
「ああ、お孝さん、笑ってないでそこの米櫃《こめびつ》にある限り、ご飯を炊いておくれ」

とお廉が、言いだした。

「皆でお握りを作るんだよ。今日は商売にならないし、場合によっちゃ、ここから避難しなきゃならなくなるかもしらない。何があっても、まずは腹ごしらえだ」

朝は、まだ明けていない。

「て、てえへんだよう」

と再び千吉が駆け込んできたのは、御飯の炊き上がるころだった。薄暗い中に、まだ雨が降っているらしく、千吉は濡れそぼっていた。

「錦布れの芋侍らが、そこの橋を落とすらしい」

「そこって？　まさか……」

と皆は耳を疑い、腰を浮かせた。

「だって、見てみろよ。奴ら、橋の上に、枯葉や薪木《たきぎ》を積み上げてるんだぜ、これから焚き火かよ」

柳橋が落ちる、柳橋が落ちる！

そんな千吉の叫び声に、皆は一斉に土間に飛び降り、てんでに下駄をつっかけて、傘もささずに外に飛び出した。

篠屋の前の道にも対岸にも、すでに人だかりしていて、なおそぼ降る雨に濡れながら、息を呑んで橋を見つめている。

群衆の中には顔見知りが何人かいたし、化粧を落とした芸妓《げいしゃ》のすっぴん顔も混じっていた。

橋の上には韮山笠《にらやまがさ》を被った数人の侍がいた。黒田軍は、橋の南側にいて、成行きを見守っている。橋上の若い兵士は、積み上げられた焚き木の山を囲んで、懸命《けんめい》に何かしていた。

綾は人ごみをかき分けて最前列に出て、若い兵が懸命に火を付けようとする光景を目《ま》の当たりにした。

だが綾の目には、とても無理のように見えた。

三つ四つ無造作に積まれているのは、大きな頑丈《がんじょう》そうな樽《たる》である。

種火で焚き木に火を付けて、その樽に燃え移らせようとしている。焚き木はぼうっと燃え上がっても、湿っていてすぐに力尽きて消えてしまうのだ。

すると一人の兵が、その樽の栓を空けて、中の液体を足元や橋桁《はしげた》や欄干《らんかん》にぶち撒き始めた。その液体に種火を押し付けて、直接、橋に火をつけようと考えたらしい。

「ありゃ油だ！」

「積んであるのは油樽だぞ！」

という叫び声に、周囲はワッとざわめいた。

「油樽に火を付けて中の油を燃やし、その勢いで橋を焼こうってんだ」

（柳橋が落ちる、この橋が焼かれる……）

そのことに、綾は目が眩《くら》んだ。

（毎日、粋な姐さんたちの行き交うこの橋がなくなる？）

柳橋が〝花街〟になってからは三十年足らず。

だがこの神田川の出口に橋が架けられたのは、元禄《げんろく》二年（一六九八）に遡《さかのぼ》る。百七十年の歴史がある。

長さ十五間《けん》（二十七・三メートル）、幅三間（五・五メートル）と小ぶりだが、江戸っ子に愛され江戸の粋を伝えてきた橋である。

そんな由緒《ゆいしょ》ある橋を、こんな他所者《よそもの》の野暮天《やぼてん》に踏みにじられ、焼かれてたまるもんか！

そう思ったのは綾だけではない。

見物人の誰もが思ったらしく、周囲には悲鳴が上がり、この橋を錦布れに渡すなという気分が盛り上がった。

不穏で怨嗟《えんさ》に満ちた空気の中で、皆は固唾《かたず》を呑んで見守った。

ところが、この雨である。昨夜来の雨というだけでなく、止んではまた降る五月の長雨で、橋はたっぷりと水を吸い込んでいて、何度も力んで種火を押し付けても、ビクともしない。

何度もジュッと音を立てて消えるため、見物人から失笑が起こった。

するとそこへズカズカと、大柄な武士が歩み出て来た。筒袖に、袖なしの立派な陣羽織で、下は段袋、腰に長刀をさしている。

黒田藩であれば、今流行《はやり》の赤熊《しゃぐま》には手が届かないのだろう、〝藤巴《ふじどもえ》〟の家紋入りの笠を雨除《よ》けに被っている。

その威容《いよう》からして、どうやら隊長らしい。

「よせよせ、そげなこっちゃ火はつかんばい」

と隊長は手を振って怒鳴った。

そしてやおら辺りを見回し、背後を振り返って、鍛えあげた野太い声を張り上げたのである。

「おーい、砲兵、そこに大砲ば並べろや。橋をぶっ飛ばすたい」

二

「…………」

一瞬、不気味な沈黙が、橋を覆《おお》った。

今までの周囲のざわめきがシンと静まって、まるで彼岸《ひがん》と此岸《しがん》が睨み合ったように、見物人の集まった対岸から、憎悪に満ちた強い視線が一斉にこちらの河岸に注がれた。

大砲で橋をぶっ飛ばす？　これは一体どういうことか。

「まさかそんな無体《むたい》な……」

「橋は敵じゃねえぞ」

信じられぬ思いが交錯《こうさく》して、そんな低い呟きがそこここに漏れた。そうした殺気立った空気に感応《かんのう》してか、突如、ワーンと泣きだす子どもの声がした。

この距離で大砲を撃ったなら、弾は橋を軽々と飛び越えよう。その弾は、向こう河岸に広がる花街を直撃するだろう。

ひしめく料亭《かいわい》の甍《いらか》に命中すれば、華奢《きゃしゃ》な作りの歓楽の館は、ひとたまりもなく燃え広がって、界隈は火の海となろう。舟にも火が移って、地獄の光景が展開されるだろう。

そんな想像に、綾は棒立ちとなった。

ワッと人だかりが崩れた。子どもを抱えて柳橋から逃げだす女、半泣きで黒田兵に立ち向かい、金切り声を浴びせる綺麗どころがいた。

「この田舎っぺのイノシシ侍が！　なんて言われたって、あたしゃここを退《ど》かないよ。へん、やるならおやりよ、あたしごと橋を飛ばしておくれ！」

と喚《わめ》いて追い立てられ、なおも罵りながら逃げていく。そんな混乱をかいくぐって、橋の上を走り抜けようとする悪童どもがいた。

「どけどけ、こんクソガキが！」

と威嚇《いかく》して蹴散らす黒田兵の声に、辺りはますます騒然となった。

だが韮山笠の砲兵たちだけは、我関せずとばかり、黙々と動いて大砲を引き出し始めた。

そこへ突然、人混みが割れた。

「もし、旦那、お待ちなすって……」

と声をかけて進み出た男がいたのである。

男は、イノシシ侍と罵られた隊長の前まで進むと、やおら火消し半纏《ばんてん》の裾をはね、濡れた地べたにぴたりと座って、両手をついた。

エノモトさんだよ……という囁《ささや》きが起こった。綾が薄闇を透かし見ると、なるほど橋の向こうの料亭『柳光亭』近くに住む、火消し〝ほ組〟の頭《かしら》だった。

名を榎本仁右衛門《えのもとじんえもん》といい、いなせで名の知れた、三十四、五、六の美丈夫《びじょうふ》である。

「旦那、ちょっと待っておくんなせえよ」

周囲が固唾を呑んで見守る中、榎本は言葉を詰めた。

「そこで承りますれば、この橋を落とすのは、彰義隊を食い止めるためとのこと。大砲を撃ちなさるのもようげすが、橋さえ落ちりゃいいんでござんしょうか、それともこの辺をも焼き払おうとの思し召しでございますか？」

「……………」

今にも怒り狂って、大砲をぶっ放すのではないか。そんな恐れで、皆の視線は一斉に、〝イノシシ〟隊長に突き刺さった。

だが隊長は見かけほど獰猛《どうもう》ではなかったのか、あるいは火消しの頭の勢いに怖気《おじけ》づいたか。

「いや、そうではない。橋が湿ってなかなか落ちぬから、大砲で落とそうと考えたまで。他意はない」

と錦布れをつけた肩を少し持ち上げ、平静に答えた。

「であれば、手前どもで橋を落として差し上げますんで、大砲だけはお止めなすってくだせえ」

言って、頭は地べたに額がつくほど頭を下げた。

「……よし、やってみろ」

隊長は頷いて、おもむろに手を振り、大砲を退けさせた。

それを合図のように、榎本は立ち上がる。

「さあ、野郎ども、出て来い！」

頭の号令一下《いっか》、人混みの後ろに身を隠していた二十人ばかりの火消し人足が、手に手に鳶《とび》道具を持って飛び出して来た。

それからは、まるで芝居を見るようだった。

いとも手馴れた様子で、ことが進んだ。

鳶らは軽々と走り回り、手つきも鮮やかに片っ端から橋桁を叩き壊し、あれよあれよという間に橋を落としてしまったのである。

あわや火を噴いて落ちるところだった橋の幸運に、見物人はドッと沸いた。意気揚々《ようよう》と引き上げていく火消しに、嵐のような拍手が起こってその英断を讃えた。見守っていた隊長にも拍手は向けられ、隊長が機嫌よく引っ込んでも鳴り止まなかった。

第六天《だいろくてん》や、両国《りょうごく》界隈はもちろん、宗右衛門町《そえもんちょう》、同朋町《どうぼうちょう》、両国広小路《ひろこうじ》……に、噂はあっという間に広がった。この榎本の頭《かしら》がいなければ、この一帯は火の粉を浴びたのである。

皆が立ち去っても篠屋の女たちは、今は無き橋を惜しむように、なおも河岸に立ち尽くした。川面には、残骸《ざんがい》となった橋の破片が浮遊し、皆は茫然《ぼうぜん》と眺めるばかりだ。

「『花之井』が、遠くなっちまったねえ」

お廉はなおも信じられぬように呟いた。その店は、橋を渡れば目と鼻の先にあったのだ。綾はそばで相槌《あいづち》を打っていたが、皆より先に勝手口から厨房に戻った。

そのとたん、奥から雷が落ちてきた。

「何をしとるんだね、お前らは！　揃いも揃って家を空け、不用心極まりねえ。ここにおるのがわしだからいいが、これが空巣《あきす》だったらどうする気だ！」

いつの間にか帰った富五郎が、板の間に胡座をかいて、握り飯を貪《むさぼ》り食っている。お孝らは、先ほど炊き上がった一釜めの飯で、握り飯を山ほど作り、そのまま放置して橋を見に行ったのである。

「あれ、旦那様、お帰りでしたか」

続いて入って来たお廉が、興奮したような声で言った。

「いえ、もう、柳橋が落ちるなんて世も末だねえ。でも、おかげと言っちゃなんだけど、あの火消しの頭が……」

「榎本の頭の話なら、聞かずとも知っておる。榎本に事態を知らせたのはこのわしだからな」

「あらッ、ほんと？」

「本当も嘘もねえ。昨夜、錦布れの動きが尋常じゃねえってんで、奉行所から町触れが出た。わしは町名主《まちなぬし》に呼ばれて屋敷に詰めておった」

少し空が白み始めたころ、近所の者が駆け込んで来て、錦布れが柳橋に火をかけようとしている、と知らせてきた。

とっさに案じたのは、火事だった。天の恵みか今日も雨だが、風の強い日であれば、柳橋の街に飛び火しかねない。

幸い最近は、今にも勃発《ぼっぱつ》しそうな戦を警戒し、常時〝ほ組〟が多くの人足を詰め所に待機させていたのだ。

「誰か、ほ組にひとっ走りして知らせろ！」

と、富五郎は怒鳴ったという。

「いや、もっとも、ほ組はとうに柳橋に出動しておったがな」

と言って、お孝の入れたお茶をゴクリと飲んだ。

「あの頭はてえしたもんだ。わしら、何かしなくちゃな」

そこへ磯次を先頭に、船頭らがぞろぞろ戻って来た。

富五郎は柳橋炎上を想定し、近くに繋いだままだった舟を、新政府軍には無断で移動させたのである。

おかげで舟に被害はなかった。

「大砲なんぞ撃ち込まれた日にゃ、この一帯は火の海よ。あのイノシシ大将に掛け合った榎本の頭は、太っ腹な御仁《ごじん》だ。今後、足を向けて寝ちゃなんねえぞ」

と皆を一瞥《いちべつ》して、ふと富五郎は言った。

「……竜太はどうした?」

「あの野郎、夕方ごろ、妙にめかしこんで出かけたきりでして」

と磯次が苦々しげに答えた。

「検問にでも引っかかったか、まだ帰らねえんですよ」

実はその夜、竜太は浅草花川戸町の小料理『三崎屋《みさきや》』に上がり、小梅《こうめ》という酌女《しゃくおんな》の酌で飲んでいたのである。

年は二つ三つ下で、いつも朗《ほが》らかな娘だった。

丸顔であどけない感じが、昔別れたままの妹と似ていた。便りはないが、おそらく今も吉原にいるだろうと思う。その妹と再会したような懐かしさを覚えて、会った時から惚れ込んだ。以来、一途《いちず》に通いつめていたのである。

そんな竜太に、女も心を開いてくれた。

「そんなに想ってくれるなら、ひとつお願いがあるの」

と最近になって持ちかけられた。

こんな可愛い子に頼られたことが嬉しく、今宵は約束通りの時間に、めかし込んで出かけて行ったのだ。

「チッ、肝心な時にいねえやつだ……」

富五郎は呟いて、煙草盆を引き寄せた。

「しかしとんだ災難だったよ。あの頭のおかげで、ここらは何とか安泰《あんたい》だったとはいえ、橋が一つ消えちまったんだからな。不便になったてエくらいじゃ済まされねえ。わしらには死活問題だ、誰に賠償を求めりゃいいんだ」

大村益次郎は、戦を上野周辺に封じ込めるため、三方固めの作戦に出た。神田川を境として、その南には逃げ込めぬよう、橋を固めたのだ。それはいいとして、上野から最も遠い柳橋を、なぜ落とす必要があったのか。

「大村の旦那は〝戦の天才〟らしいがのう、何も打ち壊さんでも、良かったんじゃねえのか。わしには天才とは思えんよ。錦布れのやるこたァ、いつだって荒っぽい。ネズミ一匹捕まえるのに、町一つを焼き払おうって連中だ」

と怒気を含んだ声で一気になじった。

「そんなわけで、今日は休みだ。しかし、お前ら、ここを出ねえで待機しておれ。また何かあれば、ほ組に協力しなけりゃならん、わしらが頼りになるのは町の自警団だけだからな」

「しかしながら旦那様、一つお願《ねげ》えがあるんで……」

と申し出たのは、真っ黒に日焼けした勇作《ゆうさく》だ。

「実家が下谷《したや》にあって、親父とおふくろがおるんでさ。ちいとばかり様子を見に行ってもいいっすか」

「うーむ、下谷は危ねえぞ」

「だがわしは、ただの町人。武士じゃねんだ。家具の一つも持ち出してやりてえ」

「よし、行って来い。ただし明日までには帰れ。帰れなけりゃ、安否の連絡だけはしろ」

「合点《がってん》です。ただ舟を使えねえんで、どうやって行きゃいいすか」

「うーむ」

と富五郎は少し考えていたが、ふと顔を上げ、板長《いたちょう》の薪三郎を見て言った。

「薪さん、買い出しはまだだろう?」

「え? 今朝は、魚河岸はどうですかねえ。さすがに棒手振《ぼてふ》りは来てねえし」

「いや、魚河岸は大丈夫だろう。日本橋川に入《へ》ェる荷船は、今日も動いてるはずだ」

千住《せんじゅ》の市場や今戸《いまど》辺りから、日本橋魚河岸に毎朝、多くの荷船が魚や野菜を積んで下ってくる。これを差し止めては、江戸市民は干上がってしまう。荷は検《あらた》められるが、頭が鑑札《かんさつ》を見せるだけで、それ以外はまず調べられないと聞いたことがある。

「うむ、日本橋から千住への帰り舟は昼ごろのはずだ。それをつかまえて、何とか潜り込ましてもらえんか」

「そうですねえ、懇意《こんい》にしてる魚問屋に掛け合ってみましょう。買い出しもあるし、すぐにも魚河岸まで一緒に行きますよ……」

「他に希望者はいねえか」

「舎弟《しゃてい》が黒門町にいます」

と六平太が申し出た。

「よし、行け。それとお孝、いま作ってあるだけの握り飯を全部持たしてやれ」

と富五郎は指示した。今日はあの辺りで、暖簾を出している店など一軒もないからである。

「この蒸し暑さだ、梅干しを忘れるな」

煙を吐き出し、煙管をそばの火鉢に打ちつけた。

「ところで磯次……」

と次は磯次をそばに呼んだ。

「大八車《だいはちぐるま》を出してくれ。わしはこれから裏の酒屋で灘《なだ》の四斗樽《しとだる》を買って、ほ組に届けに行くからな。それとお廉、紋付羽織をたのむ。あ、そうそう、綾は、わしの薬を買っておくのを忘れるな。今後も何があるか分からん」

と綾に、診療所から薬を買っておくよう命じた。

その時、遠くに、ドカーンという大砲の撃音《げきおん》が轟《とどろ》き渡った。六つ半（七時）だった。

富五郎はハッとしたように耳を澄まし、頰を引き締めて立ち上がる。

「始まったな……」

急いで下駄《げた》を突っかけ、勝手口から外に出た。お廉と綾が続き、磯次らもぞろぞろと後について出た。

外はすでにすっかり明けており、この一発が、開戦の合図だったようだ。さらにドーンドーンと、撃音は絶え間なく続く。

近所で、二階の屋根に登って上野の方角を見ている者がいて、

「おう、火の手が上がったぞ！」

と叫ぶ声がした。

しかし富五郎は、上野の方角など見ずに、今は跡形もない〝柳橋〟の辺りにじっと目を向けていた。

泣いているのだろうと綾は思った。

三

富五郎らが出て行ってから、綾はしばらく大砲の音を聞いていた。

攻撃され燃えているのは、どの辺りだろう。綾は二十代半ばの辛い時期、上野の山の下でしばらく働いて過ごしたのである。

広小路から下谷の御徒町《おかちまち》には、よく用を仰せつかって行ったものだ。

この季節には、大抵の庭で朝顔を作っており、市《いち》が出来ると続々と出品され、大勢の人が集まったものである。

そんな庭も壊されてしまうのだろうか。

あれこれと浮かぶ懐かしい顔があった。

攻撃音がひとまず止んだ時、綾は思い切って小走りに篠屋を出た。

診療所はいつも混むので、薬の予約をしておかないと、いつ帰れるか分かったものではない。

壊された橋の西側には、まだ黒田藩の一隊が居座っていた。

だが先ほどまでは警備兵が厳しく立っていた両国橋方向の河岸には、今は誰もいないようだ。橋が落ちてしまえば、もうどうでもいいのだろう。

だがその道を通って、両国稲荷の前を通りかかった時、

「綾さん……」

と呼ぶ低い声が聞こえた。

見ると、雑草に囲まれた社《やしろ》の裏から顔を出しているのは、昨夜から姿を見せなかった竜太ではないか。顔は死人そこのけに真っ青で、着衣はぐっしょり濡れていた。

「………」

声をかけようとすると、シッ……と竜太は人差し指を口に当てた。

その辺に錦布れはいねえか、と小声で言うので、大丈夫と手招きしてみせる。だが竜太は怖しそうに首を振った。

「おいら、大変なことをしちまった……」

声を上ずらせ、ぐずぐずと低声《こごえ》で言う。

「あんた、こんな時に、一体何をしてたの！」

綾は一喝《いっかつ》した。しっかりしなさいよ、と怒鳴りたい気分だった。

「シッ、声がでけえよ、詳しいことは後だ」

何があったか知らないが、竜太が昨夜この上流で、漕いでいた小舟が転覆《てんぷく》し、川に落ちたのだろうと綾は推測した。

後で聞いたところでは、長雨で水量が増していた中を流され、何とか杭《くい》に引っかかり、対岸に這い上がったのだという。

そこに兵の姿はなかったが、両国橋、柳橋の辺りには祭りの時しか見られない無数の灯りが動いていて、官兵に占拠されたことが察せられた。

その後は見つからぬよう、暗い河べりを上流に向かい、繋がれていたボロ舟を見つけた。それで何とか夜陰に紛れて川を横切り、浜町《はまちょう》河岸辺りの土手を這い上がったのだという。

「そこから這って来たけど、だんだん夜が明けてくる、柳橋には人が大勢いたんで、動けなくなっちまって……」

ここからは、篠屋も住まいも目と鼻の先だったが、綾は大通りまで走って空駕籠を見つけ、拾って来て竜太を押し込んだ。

その半刻（一時間）後。ドーンドーンという大砲の音が響く中、竜太は帳場に畏まっていた。

湯屋に行って来て、小ざっぱりした筒袖の着物に着替えているが、顔はまだ真っ青で血の気がなかった。

帳場にはお廉と、ほ組から帰ったばかりの磯次と千吉がいて、お茶を運んで来た綾も、途中から加わった。

声を詰まらせながら竜太はこんな話をした。

このところ三崎屋の小梅の元に、よく通っているという。愛くるしい顔立ちの、冗談好きでよく笑う娘だった。こんなよくモテる女と割りない仲になって、得意でならなかった。

昨夜も約束をしていたから行ったのだが、小梅はいつになく硬い表情で竜太を迎えた。

「竜さん、今夜も舟で来たんでしょう、私を乗せてくれない？　お客さんの話じゃ、明日あたり、上野で戦が起こるんだって」

といきなり言われたのである。

「真夜中過ぎには緊急事態になって、舟も動かせなくなるって。そのどさくさで、あたし、実家に帰ろうと思うの」

「し、しかし……戦が起こるなんて知らねえから、舟でこなかったんだ。それ本当かよ？」

もし本当なら、急いで柳橋まで帰らねばと思った。

戦になれば、浅草橋や柳橋は封鎖《ふうさ》されるかもしれない。その上、舟が動かないと、歩行でも船でも、帰る手段がなくなってしまう。

「偉いお武家さんに聞いたから、確かです。舟は何とかするから、あんたも途中まで一緒に行ってよ。あたしは千住まで行きたいの」

「うーん、千住までは遠いな」

「今戸でもいいよ。あそこから乗り換えてもいいんだから」

この女とほろ酔いで手に手を取り、笑いながら舟で旅するのも、悪くないような気がした。

「いいよ、行けるところまで一緒に行ってみよう。そうと決まったら早い方がいい」

「あれ、嬉しい。でも、旦那さんとお内儀さんがまだ家にいるの。時間はあるんだから、少し呑みましょう」

と引き止められ酒がどんどん出た。手を握ったり、頬を寄せたりなど甘いやりとりもあったのだ。

主人夫婦は、もうすぐ向島の家まで避難する予定で、そのうち船が迎えに来るはずだ。それまで呑もうという。

小梅自身は、浅草寺《せんそうじ》近くの友達の家に世話になるはずだったが、この辺りは怖いから、実家まで逃げる気になったという。

今までの自分の人生は惜しむほど上等じゃないから、やり直すなら今がいいと。竜太は小梅の人生まで考えられないが、力になってやりたいし、自分も帰りを考えて気が急《せ》いた。

「送るのは構わねえけど、舟をどうするんだよ」

「それは何となかる。ええ、心配ないと思う。この店の裏は大川で、裏庭に川の引き込みがあって、いつも小舟が繋がれてるの」

やがて階下で出かける気配がして、小梅が降りて行った。

その小舟で、二人で密かに大川に出たのは、それからしばらくしてである。まだ小雨が降っていて水量も多く、行き交う船はほとんどなかった。

何より相当呑んでいたから、腕に力が入らず、櫓《ろ》が重く感じられた。いつものようには軽く漕げず、息切れがした。一時、舟を潮溜《しおだ》まりに寄せて呼吸を整えようか。

そう考えていると、小梅が見透《みす》かしたように、水の入った竹筒を差し出した。その水を呑んで再び漕ぎ出したが、頭が朦朧《もうろう》としてきたのは間もなくだった。呆然として櫓を漕ぐ手を止めると、どうしたことだろう、小梅が飛びかかってきたのである。

「竜さん、お願い、一緒に死んで!」

竜太は本能的に抗《あらが》って、小梅をねじ伏せようとしたが、大きく舟が揺らぎ、抱き合う形で一緒に飛び込んでしまった……。


気がついたら、両国橋の近くに引っかかっていたという。

両国橋を渡った東河岸の浅瀬に、無数の杭が打ち込まれた場所がある。河岸保護のためのもので、千本杭《せんぼんぐい》と呼ばれている。

気がつくとそこに流れ着いていたのだ。

「誰かに起こされたよう気がして、目を覚ました……」

〝起きなさい〞と叫ぶ声を、耳元に聞いたような気がした。気がつくと誰もそばにはおらず、川の音だけが轟々《ごうごう》と響いていた。

「わしは泳ぎは下手だが、水には慣れてる。夢中で杭にしがみ付いて、岸まで歩いた。だけど小梅はいなかった……。きっと、そのまま流されたんだと思う」

懐中の物は紛失していたが、川で流されたようだ。

「その小梅って子、一人じゃ死ねないから、男を引きずり込んだんでしょう。世に言う無理心中だね」

　とお廉が眉を顰めて言う。

「でもそんな悪女に限って、そう簡単には死にゃしない。もしかしたら、誰かと示し合わせて、どこかで助かってるんじゃないの」

「小梅はそんな子じゃない」

　竜太は、唇を震わせて抗弁《こうべん》した。

「しかし竜太、お前なんぞを心中相手にして、そんな女が成仏《じょうぶつ》できると思うか？何か裏があると思わなけりゃ……」

「ええ、磯さんの言う通りよ。本物の心中なら、市中引き回しの上に獄門だってのに、まったく今の人は、何するか分かったもんじゃないよ」

　とお廉が渋い顔で茶を啜り、磯次と顔を見合わせた。

「おいら、これから八丁堀《はっちょうぼり》に行ってくる」

　とそばで聞いていた千吉がやおら立ち上がった。

「まあお前、ばかも休み休みお言い。まだ戦の最中だってのに、そこらをウロチョロしてると……」

「いや、おかみさん。女はどうなったか、死体は上がったか、見極めねえことには竜太は浮かばれねえ。おいら、これでもまだ十手者の端くれだから」

千吉にはそんな思いがある。

もう、亥之吉《いのきち》親分の下で動くことはないだろう。これからどうなるのか、篠屋の手代に戻るのかと思うと、心穏やかではない。

「でもね、さっき外で誰かが言ってたよ。川は、お侍さんの死体で一杯だってさ。小梅の死体なんて、どこかへ流されちゃってるよ……」

だが千吉の目的はそれだけではない。

自分は一塊《いっかい》の下っ引だが、柳橋が落とされた無法《むほう》を、江戸中に知らせて回りたいと思った。火消しの頭がいなければ、両国一帯は、火事になるところだったと。

四

大砲の音はいつしか間遠《まどお》になったが、午後を過ぎてまた活発になったようだ。

診療所から帰った綾は、竜太の打ち明け話に耳を傾け、また握り飯作りに追われて、気がついた時は静まっていた。

これからまだ一騒動あるだろうと、皆は気を抜かず息を潜《ひそ》めていた。

しかし後で事情を知ってみると、上野の戦は開始から正味《しょうみ》一刻半（三時間）で、大方の勝敗は決まったという。

最初は彰義隊が優勢だったという。

だが新政府軍が途中から運んできた、アームストロング砲の威力《いりょく》が効いたらしい。彰義隊はたちまち劣勢になった。

上野で炎上した火はなかなか鎮《しず》まらず、多くの隊員が逃げたから、昌平橋《しょうへいばし》や、浅草橋などの橋は、まだ閉ざされているという。

午後から八丁堀に出かけた千吉は、〝無理心中〟の片割れが上がっていないか聞き回ってみたが、世間はそれどころではない。皆は、すでに広まった〝上野戦争〟の噂で持ちきりだった。

「長州の大村益次郎が、半日で江戸を制した」

と噂が駆け巡っていたのである。

噂によれば、寛永寺周囲には、戦争見物の野次馬が大勢押しかけ、官軍はそれを追い払うのが大変だったらしい。

上野は昨夜のうち、官軍に包囲されたが、一箇所だけ逃げ道が作られていたという。

それは根岸《ねぎし》、三河島《みかわしま》方面に向かう街道で、ここから逃げてくれと言わんばかりに、兵が配置されていなかったと。

輪王寺宮《りんのうじのみや》もここから三河島方向へ逃げ、千住大橋を通って、奥羽の旧幕軍を目指したという。形勢不利と見た隊員らも、輪王寺宮の後を追ったらしい。

柳橋が落とされた話はまだ誰も知らなかったから、千吉は目撃談を話して、皆を驚かせた。そこを出る前には、亥之吉親分に頼んで、公務で橋を通るためのお墨付きを出してもらった。

それで浅草橋は通れたが、その凄惨《せいさん》さに千吉は背筋がざわめいた。見附《みつけ》には、生首《なまくび》を刺した青竹の交叉《こうさ》がズラリと並べられ、雨の中を行く人々に、官軍兵士がこれ見よがしに振って見せているのだ。

死体には慣れているとはいえ、あまりな光景だった。千吉は吐き気を堪《こら》え、顔を背《そむ》けて走るように橋を渡った。

だがその先の町では、戦がまだ続いていて血の匂いが漂っていた。血刀《ちがたな》を提《さ》げたまま のずぶ濡れの兵士の行軍とすれ違ったし、生首を提げた兵士と、何人も出食わしたのである。

走りながら血まみれで斬り結ぶ武士の集団を目撃した時は、脚が宙に浮くようだった。

やっとのことでそんな町を抜け、目的の店に行き着いてみると、表戸が厳重に閉ざされ、中にも外にも人けがない。たぶん昨夜のうちに避難したのだろう。

近所で訊きたくても、開いている店が見当たらなかった。

近くの番所に行ってみるしかないだろう。そう思ってその場を離れたが、降り続く雨に道はぬかるんで、ひどく歩きにくかった。

ここらでも戦闘が繰り広げられたらしく、ぬかるみに激しく乱れた足跡が残っている。通りの用水桶に寄りかかって座り、目を見開いて雨を見つめる彰義隊士がいた。

「おい、大丈夫か」

と思わず話しかけそうになって、飛び退《の》いた。

青いぶっ裂け羽織に義経袴《よしつねばかま》が、濡れて冷たく固まった体に張り付いていた。

「ウロウロと死体見物なんぞしておっちゃ、酷い目にあうぞ」

と亥之吉親分に、厳しく言われて来ている。

「上野じゃ、官軍に見咎められた野次馬が、死体運びをやらされたそうだぞ。二人一組で腰縄でくくりつけられ、囚人さながらだったという。錦布れのやることたァ、わしらにはまるで分からん。連中には近づかんことだ」

泥だらけになって、ヘトヘトで番所に辿り着いたが、番役人は出払って、ガランとしていた。だが顔だけは見知っている池部《いけべ》という三十がらみの役人が、一人いた。

千吉は上がり框に腰をおろし、手拭いで顔や手を拭きながら、浅草の恐ろしい状況を聞いた。

「……で、柳橋はどうだね？」

と池部が挨拶がわりに言った。

「柳橋は、落ちましたよ」

待ってましたとばかり千吉は、今朝目撃したことを語った。

「ほう、そうだったか。何もそこまでやるこたァないのになあ」

と相手は驚いた。

「ところでこんな時に何ですが、身内にちとややこしいことがあって……」

と、三崎屋の客となった篠屋の竜太と酌女の奇妙な事件について説明した。

「ほう、あんな嫌な夜にねえ。男の方が生き残ったと……？　ふーむ、女の消息を知りてえのは山々だが、あいにく今はその類《たぐ》いの情報は入って来ねえんでね」

と池部は首を傾げた。

「あの三崎屋には酌女が五、六人おるんだが、名前は何と？」

「小梅と聞いたっす」

「あ、小梅か」

と池部は頭を振って頷いた。その娘は一度、自殺未遂を起こしたことがあり、池部が調べを担当したという。

元は御家人の娘だったが、親の借金のカタに三崎屋に売られた女で、可哀想なところもあるのだと。今度は客を巻き込んで心中したんなら、借金から逃れるためだったかね、と池部は言った。

そんな話をしているところへ、もう一人が濡れて戻って来た。

「ひでえひでえ。やあ、千さんか。……」

と言いながら、番傘を閉じて土間に立てかけた。長い距離を歩いたのか、全身がビショビショ濡れている。

「いや、戦が早めに終わってくれたのは有り難てえが、川には死体がずいぶん浮いてるらしいぜ」

手拭いで雨粒を払い、沸いている薬罐《やかん》に手を掛けて、ふと言った。

「ところで、柳橋はどうだったかね」

「いや、ひどいっすよ。柳橋は落ちたんで……」

と千吉はまたひとしきり喋って、相手を驚かせた。

「ところでこちとらは……人探しなんですがね」

「ほれ、ご執心の、三崎屋の姐さんのことだよ」

と池部が横から、口を挟んだ。

「あれ、何だ、小梅のことか？　いや、わしはご執心でも何でもねえが、あの娘ならたぶん戻らんだろうな」

「どういうことで？」

千吉が乗り出した。

「いや、ちょいと見かけただけだが……」

「見かけたって、どこで？　いつのことです？　いま生きているんですか？」

その食いつきそうな反応に、畑中《はたなか》と呼ばれた相手は、えらく戸惑った様子だった。

千吉はまた、竜太の事件をかいつまんで話した。

「へえ……」

と言ったきり、しばらくまじまじと千吉の顔を見つめていた。

「いや、わしは詳しいこたぁ知らねえんだが……」

畑中は茶碗の白湯《さゆ》をゆっくりと啜りながら、こんな話をした。

この日たまたま職務で上野にいた畑中は、戦火に巻き込まれるのを恐れて、輪王寺宮の通った門から、街道に走り出た一人だった。

出てみて畑中は驚いた。

一体どこから聞きつけたものか、雨の街道筋にはすでに多くの見物人や野次馬が、群れていたのである。

こうした人々は、上野の山にも多数入り込んでいた。

野次馬の中には、戦いの様を描き取る浮世絵画家や、事件を面白おかしく報道する瓦版《かわらばん》屋が、少なからず混じっていたという。

だが街道筋にいたのは、それだけではない。彰義隊士の縁者と思しき人々が目を血走らせ、落ちていく隊員を探していたのだ。

探す相手を見つけると、駆け寄って傘を渡したり、何か餞別《せんべつ》めいた包みを渡す老女がいた。

また男に寄り添って、小走りについて行く若い女もいたという。

この様を驚いて見ていた畑中は、そのうちに一人の女を見つけてギョッと目をむいた。あれは三崎屋の酌女……？

畑中が多少、気を寄せていたその小梅は、小柄な身体をすっかり旅装束にしつらえて、次々と落ちて行く男たちを、目を皿にして見守っていたのだという。

こちらが呼びかける隙があらばこそ。他のことには見向きもしない。

やがて小梅は、一人の青いぶっ裂け羽織の若い隊士のそばに駆け寄り、並んで一緒に走り始めたのである。

息を呑んで佇む目の前を、次々と落ち武者が走り過ぎて行き、たちまち小梅の姿は見えなくなってしまった。畑中は五月雨《さみだれ》に濡れながら、いつまでもただただ見送っていた……。


竜太にどう説明しようか。

帰りはやっと雨が上がって、動いている雲の隙間に、淡い青空が覗いていた。だが千吉は、まだ血腥《なまぐさ》い夕暮れの町を避けて、川べりの草深い道に出ていた。

少し歩いただけで、千吉には分かった。

江戸の町は荒れていると。

今まではちょっとした路地や川べりの道でも、丁寧に石積みがなされ、雑草が除かれていたものである。だが今はどこにも雑草がはびこり、石積みは崩れかけていた。

いつもの癖でそんな石を幾つか拾って、懐に入れる。石飛礫《いしつぶて》さえあれば、どんな修羅場でも切り抜けられるからだ。

歩きながらあれこれ考えた。

男を追いかけて行こうと決心をした小梅は、このどさくさに紛れ、天晴《あっぱ》れ〃心中事件〃をでっち上げたのではないか。

遺書を書き残したどうかは、今のところは分からない。

だがあの畑中が真相を喋りさえしなければ、小梅は今のところ成功したことになる。若い客と心中したことで、借金に縛られた自分の存在を、この世から消したことになるだろう。

小梅本人さえ現れなければ、三崎屋は諦めるしかない。その可能性に、賭けたのかもしれない。

道連れに選んだ竜太には、酒を大量に飲ませた上に、眠り薬を与えたのだろう。ほぼ死体となって上がると考えられる。

だがまだ若いし、船頭だから、川から這い上がる可能性も考えられる。

小梅にはその方がいい。

むしろ助かってくれれば、小梅は川で死んだことを、世間に吹聴《ふいちょう》してくれようし、〃殺人〃の罪を犯さないで済む。

ともあれ確かなのは、竜太は女に騙されたのだ。

どこもかしこも混乱状態の今、小梅の仕組んだこの悪企《わるだく》みが、近日中に白日の下《もと》に晒《さら》されることはあるまい。千吉はそう思ったが、

「当面でいいから、小梅のことは、内緒にしてやってほしい」

と畑中と池部に、念のため頼み込んだ。

殺し合いによってこれだけ死体が町に転がっているのに、小梅だけが、罪を問われ、追われるようになっては不公平な気がした。

真相が竜太の耳に届くのは、もっと後になってからでいいだろう。

そう考えたころに、千吉は柳橋まで来ていた。

河岸にはしばし佇んでいた。空は晴れて夕焼けが見えているが、川はすでに淡い夕闇を吸って薄暗い。

橋はもう、そこには架かっていない。

朝にはその川面に浮かんで、流れを堰き止めていた黒々して大きな残骸は、いつの間にか両脇の岸に寄せられていた。

上流から次々と船が下って来ていて、船頭が懸命に漕いでいるのが見える。おそらく官軍の負傷者がどこかの医療所に運搬されて行くのだろう。

血にまみれた兵たちが、唸り声や泣き声を発して横たわっている。

どこへ行くのだろうと千吉は考え、横濱にある新政府軍の野戦病院を思い浮かべた。治療に当たるのは、気鋭の英国人医師と言われる。その一方で浅草の路上には、彰義隊士の死体ばかりが転がっていた。

目を上げると対岸に篠屋が見える。

その前に立って掃除をしているのは、綾だった。

声を上げて、小舟をこちらに回してほしいと言おうとした。

だが千吉はもう少し、川の風景を眺めていたかった。

今朝までは思いもよらなかった光景である。篠屋は目の前にあるのに、すぐには辿り着けない。芝居小屋の仕掛けのように、世の中がぐるりと回ったのだと千吉は感じた。


火消しの頭の機転のおかげで、両国界隈から、同朋町、第六天、宗右衛門町……等々の町は、何とか無事に上野戦争をやり過ごした。

その後、焼討ちに遭うようなこともなかった。

町の人々はこれを大いに喜び、何かお礼をしようということになった。一同相談の上で町ごとに金を出しあい、落語好きの榎本仁右衛門のため、柳光亭のそばに寄席《よせ》を一軒建てて進呈した。

これを『榎本亭』といい、後々までたいそう繁盛したという。

第三話　ひき蛙

一

「……頼みます」

表玄関から聞こえる控えめな男の声に、

「はーい」

と綾は、前掛けを解きつつ飛び出して行った。

数日前の節分のころ、備前《びぜん》に生《い》けた一抱えもある水仙《すいせん》がまだ香りを放っている玄関に、二本差しの侍がうっそりと立っていた。
二十七、八だろうか。武者ぶりのいいその風情《ふぜい》に似合わず、二階から降ってくる賑やかな音曲《おんぎょく》に、耳をすませているようだ。

慶応四年も二月に入り、客の入りは減っていたが、この日は珍しく早くから二階に客がたて込んでいた。

夜の営業は止めているのに、夕暮れになっても客はなかなか腰を上げない。たぶん雨天続きのこの季節に、久しぶりに射した春めいたお陽さまのおかげだろう。

もう六つ半（七時）だが日が長くなったせいか、先ほど始まったどんちゃん騒ぎが収まりそうもない。

おかみのお廉は、馴染み客に二階座敷に呼ばれて、しばらく接客中だ。女中のお波とお孝は、料理の配膳で大忙しだった。

この時間、もうお客を入れないほうがいいと綾は迷いつつも、

「いらっしゃいませ」

と上がり框に手をついてにこやかに言った。

「いや、客ではない。ちと人を探しておるのだ」

と言い、侍はまた二階に目をやる。

「あら、どなた様をお探しでございますか？」

「土肥庄次郎《どひしょうじろう》と申す武家だが……」

「土肥……庄次郎様でございますか」

綾は首を傾げた。

開店前に、その日のお客様名簿には必ず目を通しているが、見覚えのない名前である。

階段を上がってすぐの大座敷の三人は、浅草橋の玩具《がんぐ》問屋の主人と番頭で、顔見知りだった。何やら相談事があるらしく、顔を寄せてボソボソ喋っていて、なかなか終わりそうにない。

もう一組の二人は日本橋の薬種問屋の旦那衆で、お廉の古くからの馴染みだった。今夜は訳ありの女のいる茶屋に繰り出すらしく、ころあいを見計らっているようだ。

その奥の賑やか座敷は、古河原金兵衛《ふるがわらきんべえ》という甲府《こうふ》の酒造業の蔵元で、坊主頭の幇間《ほうかん》を用心棒に連れ、お忍びで来ている。

神田に支店と住まいがあり、篠屋には、吉原へ向かう景気づけによく寄って行くというが、綾は初めてだ。

最初は何かしんみり話し込んでいたが、柳橋芸者のお仙《せん》が呼ばれてから、座は大いに盛り上がったのだ。

ともあれ今夜は、お武家様の客はいない。いや、来ていてもいなくても、客の呼び出しについては、奥にいったん取り次ぐことになっている。

「あの、そのお武家様はお見えではございませんが、一応奥で確かめて参ります」

と綾が遠慮がちに言って立ち上がりかけると、俯《うつむ》いて聞いていた相手は、やおら顔を上げ手を振った。

「あいや、その必要はない」

と、やおら雪駄《せった》を脱いで、土間から上がろうとしたのだ。

「あっ、お待ちくださいませ」

綾は驚いて押しとどめた。その時階上から、かき鳴らす芸者の三味線に合わせ、小唄を唄う男の声が耳に響いた。

〽忍ぶところを　旦那が見つけェ～、夕顔棚のこなたより
　現われ出でたるひき蛙ゥ～

響きのいいその声を、耳に止めていたのだろう。

「この声にちと覚えある、御免……」

と侍は無造作に腰のものを差し出し、何事かと、船頭部屋から顔を出した番頭の甚八にその刀を押しつけた。

制止を振り切るように、階段へ大股で歩み寄って行くのを見て、とっさに綾は裏階段に回り、裾ばしょりをして駆け上がった。

先回りしようと二階に上がった時、侍はすでに音曲で盛り上がっている座敷の前に立っていた。


ガラリと襖が開かれた。

渦巻くような笑い声の中から、とんでもない光景が目に飛び込んできた。思わず綾は目を瞑《つむ》りそうになった。

酒の膳が並んだ座敷の中央に、頭から手拭いで頰被りした六尺豊かな幇間が、動物めいて腹ばいになっているのだ。

両手両足で、亀かひき蛙の動きを真似て、のそりのそりと這《は》っていた。

商売道具の羽織は着ているが、下半身は下帯《したおび》一丁。太い毛脛《けずね》の先に履いた白足袋が、やけに珍妙に目立った。

不意に三味線が止み、笑い声がぴったり止まった。

幇間はギクリとしたように、そのままの姿勢で静止する。首だけでおそるおそる振り向く様は、まさにひき蛙のようだった。

「やや、そなたは」

「あ、兄上！」

侍は一歩踏み込むや、仁王立《におうだ》ちで叫んだ。

「いや、信じられません。本当に兄上ですか？　この期《ご》に及んで、まだ凝《こ》りなさらんか！」

かくも情けない姿を晒し……、武士として……土肥家の者として恥ずかしくないか
……と、罵声は続いた。

（〃この期〃とはどういう意味だろう）

と綾は考えた。

つい最近、元将軍慶喜公《よしのぶこう》が、上野寛永寺に蟄居《ちっきょ》したという噂があり、幕府はもう終わりだと言われていたが、そのことと関係あるのかどうか？

成り行きから見て、いま蝦蟇《ひきがえる》を演じていた男が、土肥庄次郎だろう。その醜悪《しゅうあく》な光景に、弟であろう侍はひどく立腹し、殺気立ち、腰に刀があれば手をかけそうな剣幕《けんまく》だった。

「ま、落ち着け」

と土肥庄次郎と思しき男は、苦笑しながら頭から手拭いを外す。その下は、ツルツ

ルの湯気の上がりそうな坊主頭だった。

「おぬし、どうしてここを」

「その前に着物をお召しなされ！　いやしくも天下の旗本ともあろう者が……」

弟は想いが余ってか、声を途切らせた。

「ああ、それもそうであるが……」

罵られて慌てもしない兄者を、綾もまた啞然として見ていた。

(このお方、本当に旗本なのか？)

というのも先ほど、旦那の後について篠屋に入って来た時、おかめの面《めん》を手で顔に当て、懐から節分豆の入った紙袋を出しては、

「あたしゃ年中、福は内、家が焼けても福は内、首が飛んでも福は内……」

と滑稽《こっけい》な身振り手振りで唄いながら、女中らにばら撒いていたのだ。これも幇間芸と思い、皆は手を叩いて笑った。

それが旗本と知って、綾は慌てて辺りを見回した。部屋の隅に脱ぎ捨てられていた着物を見つけ、庄次郎に着せかけた。

「あの、ご両者様とも、お話もおありでございましょう。どうぞ別室《あちら》でゆっくりなさってくださいまし」

と二人を連れ出したのは、体面を慮《おもんぱか》ってのこと。

ここでこの旗本の兄弟喧嘩が始まっては、隣の座敷の客を通じて、面白おかしい噂がたちまち江戸中に広まってしまう。

裏階段を下りて一階奥の座敷を借りようと、先に立って座敷を出た。その時、お廉が隣の座敷から走り出てきて、綾に目配せし、自らは一人取り残された主客古河原金兵衛のご機嫌伺いを引き受けた。

階下に座を移すと、すぐにお廉が威儀《いぎ》をただして挨拶に来た。

どうやら、あの賑やかに人を笑わせていた男は土肥庄次郎なる旗本だ、と金兵衛から耳打ちされたらしい。

後で綾が聞いた話では――。

土肥家は、一橋家《ひとつばしけ》に重臣として仕えてきた家柄という。

御三卿《ごさんきょう》に数えられる一橋家の重臣は、幕臣が派遣される習わしで、兄弟の父も祖父も、旗本ながら一橋家の重臣をも務めてきた。

その住まいは小石川小日向《こいしかわこひなた》にある旗本屋敷だった。

兄弟の父土肥半蔵《はんぞう》は物堅い律儀《りちぎ》な武士で、恙《つつが》なく一橋家の近習番頭《きんじゅばん》取を勤め、四年前に亡くなった。

家督は、惣領《そうりょう》息子が継ぐのが当然だったが、あいにく土肥家の長男庄次郎は、酒と女と芸事が何より好きな道楽者で、今は勘当《かんどう》の身だった。

吉原に通いつめて金に困り、父の金に複数回にわたって手をつけたことが露見《ろけん》した。激怒した父に勘当され、江戸を追い出されて、放浪中の身だったのである。

その父の死を弟の手紙で知ったのは、長崎《ながさき》だった。

土肥家は次男の八十三郎《やそさぶろう》に継がせる、と決断した父は、すでに長男を廃嫡《はいちゃく》していた。もとより庄次郎は、この処置に何の不服もありはしない。

武張《ぶば》った武家の生き方には、とうに嫌気がさしている。

刀を捨て、三味線に持ち変えて、好きな芸事に浸かっていると、こんな楽しい世界があるのだと目を開かれる思いがするのだった。

だがそのころから世の中が騒然とし、一橋家は、京の禁裏御守衛総督《きんりごしゅえいそうとく》に任じられた。家中の二、三男が集められているのを、放浪先で知って、さすがに庄次郎も血が騒いだ。これは主家の一大事、安閑《あんかん》としてもいられぬと、募兵《ぼへい》に応じて京の警備についたのである。

一回めの長州《ちょうしゅう》征伐にも従軍した。

もともと武術は大坪流《おおつぼりゅう》槍術に長けた祖父に仕込まれ、馬術、弓術、砲術にも通じていたから、にわか仕込みの一橋隊では、頼もしい存在だった。

それからは一橋家の家臣に戻ったのだが、ここしばらく、また小日向の屋敷から姿を消していたというのである。

二

兄弟が気まずげに向かい合う中、綾が手早く火鉢に炭を熾《おこ》した。

まだ青年の面影を残す痩身《そうしん》で男前の弟に比べ、兄は武術で鍛えた巨漢である。柄に合わせて鼻も目もでかく、顔には幼少時に患った疱瘡《ほうそう》の跡が、あばたとなって残っている。

その上、以前は大髻《おおたぶさ》に結っていた髪を剃り、およそ色気のない坊主頭にしていたから、陰では〝蝦蟇〟と渾名《あだな》されているという。

それを知った当初は、本人は大いに怒ったが、今はもう格好の笑いネタになっている。

綾は二つの酒の膳を持って奥座敷に戻り、二人に酒を勧めた。

酒が入ってこだわりが解けたのか、八十三郎はそれまでの苦々しげな顔つきをようやく崩していた。

「兄上、実は今日はお願いがあって上がったのですよ」

と言い、しみじみ語ったのは、主家一橋家の苦悩であった。

この正月の鳥羽伏見《とばふしみ》の戦いで敗れ、江戸に逃げ帰った一橋家の当主で、前将軍だった慶喜は、今は上野寛永寺の大慈院《だいじいん》に入り、朝廷への恭順を訴えて、ひたすら謹慎《きんしん》している身である。

一橋家は重大な岐路《きろ》に立たされていた。主君が恭順している以上、家臣も従うべきなのか。

徳川を政権の座から引きずり降ろした薩長《さっちょう》に、一戦も交えぬまま、三百年近い歴史に幕を下ろしていいものか。

そんな止むに止まれぬ思いの中で、一橋家に禄《ろく》を食《は》んで来た者らが中心となり、〝彰義隊〟なるものを結成したというのだ。

「はい、この八十三郎は、真っ先に入隊致しましたよ。第一番隊の組頭です。長年徳川の恩顧《おんこ》を賜って来たご先祖と、父半蔵の名にかけて、微力ながらお役に立とうと……」

「ああ、分かった分かった、そいつは良かった」

「で、兄上はどうなされますか」

すかさず弟は畳み込んできた。

「……ん？」

「武術には長《た》けておられる兄上のこと、お味方になったら百人力と、皆も大いに喜ぶと存じますが」

「ふーむ。ちなみに隊の頭取はどなたか」

「兄上もご存知の、あの渋沢成一郎《しぶさわせいいちろう》様です」

渋沢成一郎は、武蔵国《むさしのくに》血洗島《ちあらいじま》の農民出身だった。

だが従兄弟《いとこ》の渋沢栄一《えいいち》らと共に攘夷《じょうい》運動で名を成し、一橋慶喜に士分として抱えられたのである。今は一橋家の重臣にまで出世している。

その〝時の人〟の名前が出たため、庄次郎は小さく頷いた。

「そうか。土肥家の者は、真っ先に名を連ねるべき立場にあろうな。うーむ、わしは渋沢殿をお支えしたい」

「有り難いお言葉……」

兄の言葉に、弟は頭を下げた。

「兄者が主家のために戦うお覚悟と知って、この八十三郎、大いに面子《めんつ》が立つというものですよ」

「おいおい、何を大げさなこと言ってるんだ」

父上にそっくりだ、と庄次郎は弟を見て思う。

弟のそんな生真面目なところを憎からず思う兄だが、不安になることもある。これからの世では、〝家の誇り〟だの〝面子〟などは通用しなくなるのではないかと。

「おぬし、わしが逃げるとでも思ったか？　これでも土肥家の惣領息子ではあるのだ、忘れてもらっちゃ困る」

「いえ、まさか」

「たしかに今まで、家を飛び出したこともあったがな。これで、多少の浮世の義理もあるんでやむを得んのさ。だが案ずるな。今はそんな気分ではない。こうなっては徳川と命運を共にし、一花咲かせて死のうかと、心浮き立つ思いだ」

「兄上……」

二人が沈黙した時、綾はそそくさと座敷を出た。これで兄弟は仲直りし、これからうまくやって行くだろうと安堵《あんど》したのである。

その夜、五つ過ぎになって、富五郎が帰ってきた。

不測の事態に備えるため町内に自警団を組織しており、見回りや打ち合わせで、最近はほとんど家に帰ってきている。

客はすでに皆引き上げて、厨房《ちゅうぼう》は食器洗いに大わらわだった。

ややあって富五郎から酒の注文があり、いつものように綾は燗酒《かんざけ》と肴《さかな》を盆に載せて帳場に運んで行くと、まあ、座れ、と言う。

「今日は客を上手にさばいたと、おかみが喜んでおるぞ」

「いえね、綾さん、二階座敷で兄弟喧嘩が始まらなかったのは、あんたのおかげだったでしょ」

とお廉が笑いながら、富五郎の猪口《ちょこ》に酒を注いだ。

「あたしは初め、お客様同士のいざこざと思ってたんだけどさ」

「いや、あの土肥庄次郎てぇお武家は、吉原じゃ知らねえ者はいねえ変わり者よ」

「あら、どうして？」

「今日見た通りさ。旗本の惣領息子が吉原の太鼓持ちになり下がって、親父殿の怒るまいことか」

酒が入った富五郎は機嫌よく、口が軽くなっていた。

「とうとう自分のせがれを、庭で切腹させるところまでいったそうだ。お武家さんのやることたァ凄いよ」

放蕩無頼《ほうとうぶらい》の庄次郎は、吉原に何日も泊まり続け、追い出されそうになると、得意の幇間芸で宴席を取りしきった。

おまけに武術の腕が立つので、あの金兵衛のように用心棒として連れ歩く旦那衆が、少なくないという。

幇間芸を磨くのにも熱心で、荻江節《おぎえぶし》の師匠について、お座敷で唄われる粋な荻江節を極めてもいた。

すでに〝荻江露八《ろはち》〟と名乗っていたことは、さすがに家には隠していたが、ついに父や祖父に知れて、力ずくで連れ戻されたのだ。

世間態を重んじる父半蔵にとっては、幇間など卑しい男芸者だ。武家社会では恥ずべき生業《なりわい》である。

「家名を汚す不埒者《ふらちもの》めが。うぬは土肥家の恥晒し！」

と激怒し、息子を切腹させようと庭に連れ出した。

庭にしつらえた切腹の場には、剣の遣い手で、庄次郎が親しんでいる叔父小林《こばやし》鉄次郎《てつじろう》を呼んであり、介錯《かいしゃく》を頼んだという。

（いずれ死ぬ命……少々早くても仕方あるまい）

と庄次郎は覚悟を決めていたらしい。真っ青な顔ながら抵抗もせずに、従容《しょうよう》として筵《むしろ》に座ったのだ。その背後に回った叔父は、刀を振り上げて、ヤアッとばかり振り下ろした。

……が刀は首ではなく、髻《もとどり》だけを切っていた。

叔父のこの粋な計らいで、庄次郎は命拾いした。その代わり坊主になり、世間には死んだことにしたという。

江戸を立ち退き、放浪の身となって長崎まで流れた。ただ生きて行くためには、武術よりも、幇間芸の方が役に立ったらしい。

「親父殿の死後、江戸に帰って一旦は武士に戻ったが、またぞろ身中《しんちゅう》の虫が動きだしたようだな」

と富五郎は苦笑した。

「でも今はすべてを捨てて、彰義隊にお入りになるようでございます」

先ほどの兄弟の一部始終を、綾は詳しく話した。

「なるほど、そういうことだったか。ではあの兄者は、弟御の住む屋敷へ戻ったのだね？」

「そのようでございますね。彰義隊の頭取に少しでも早く引き合わせたいと……」

「でも旦那様、庄次郎様の幇間芸ってどの程度のもんです？」

とお廉が問うた。

「うむ、そこだがな。実は、〝露八っつあん〟の芸はなかなかいけるんだ。そうわしは踏んでおる。ここだけの話、あの名人を彰義隊に取られたくないねえ」

「そうですか、じゃもう一つ伺います。これは大きな声じゃ言えないけど、今騒がれてる彰義隊に、どれだけ勝ち目があるんです？」

「まあ、旧幕方はどん詰まりだ」

と富五郎は盃を呑み干し、言下に言った。

「一戦交えるのもいいが、どれだけの覚悟があるかだろう。ただ行き場のねえ旧幕臣の寄せ集めってんじゃ、何人集まってもまず勝ち目はねえな」

富五郎は続いて盃を傾け、自分の言葉に頷いた。

三

「あれ、千さん、お味噌汁残したね」

五つ（七時）の朝餉で、綾はふと気がついて、口にした。

船頭の中にも、食事に好き嫌いがあって、いちいち口にするとキリがない。いつもそれは黙って見過ごすのだが、千吉が好物の蜆《しじみ》の味噌汁を、口もつけずに終えるのは珍しかったのだ。

「薄くて飲めたもんじゃねえ」

千吉はそう言い捨てた。

アレッと綾は思った。篠屋の賄いで出される味噌汁は、母親お孝が作っているのだ。ただお孝は働き者だが、料理はあまり得意ではない。

それを最近まで千吉は、文句も言わず普通に食べて来た。

ところが急に、うちのおっ母《かあ》の味噌汁は薄くてまずいや、とこぼすようになった。最近、友達の家に泊まることがあり、そこで出された味噌汁がやけに美味《うま》かったらしい。

「汁かけご飯、好きだったんじゃなかった？」

「飯を呑み下すだけなら、白湯でいい」

と千吉がふてくされて言うと、突然横から、

「聞いたふうなことを抜かすな、このバカが！　黙って食え」

と磯次の怒声が飛んだ。

以前は、朝食の席につくのは半刻（一時間）遅く、この時間に台所で顔を合わすことはなかった。だが今年になって夜中の仕事が減ったため、朝早く起きてしまうらしい。

「まずかったら自分で味を調《ととの》えろ。塩でも、醤油でもあるだろう、気に入らんかったら自分で作れ」

千吉はむすっとして片手で汁椀を摑み、ごくごく飲み干してがたんと立ち上がった。

その時、表玄関にお客の声がした。

耳をすましていると、甚八が出たようだ。短いやりとりがあってすぐに甚八が顔を出した。

「綾さん、ちょっと頼むよ。また昨日のお武家さんだ」

玄関に出てみると、なるほどそこに立っているのは、あの弟の土肥八十三郎ではないか。

「お早うございます。今朝はまたどうされました？」

「いや、早くから済まない」

と八十三郎は自嘲《じちょう》めいて肩をすくめた。

「実は、兄上がまた姿を消したんで」

「ええっ？」

「いや、昨夜は、あれから家でまた二人で呑んだんですがね。真夜中になって、それぞれ部屋に引き上げた……。おかげで今朝は、少し遅く起きたんだが、どうも、兄上の姿がどこにも見えん。何か用でもあったかもしれず、もしやこちらで何か心当たりはないかと……」

その端整《たんせい》な顔を心持ちひそめ、綾を見返している。

「あらまあ、どうされたのでしょう」

綾は目を見張った。

庄次郎のあの醜いが愛嬌《あいきょう》たっぷりの顔を、まざまざと思い返した。

一つ一つの言葉を耳元に思い起こし、そこから何かの手がかりを探してみる。じっと立っている八十三郎も、同じような心境らしく、二人は少しの間、互いの顔を見たまま沈黙していた。

「そうですねえ、あいにく何も心当たりはございませんが……」

綾の言葉に、もっともだと相手は頷いた。

「ただ、兄上を篠屋に連れてきたあの旦那衆なら、何か知ってるのではないかと思う。その名前と連絡先をこちらで知っておれば、教えてもらえないかと……」

「はあ」

八十三郎の言葉に、綾は口ごもった。

古河原金兵衛は江戸と甲府を、半々に行き来しており、江戸の店と屋敷が神田にあるとは聞いていたが、その正確な場所まで、篠屋に通しているかどうか。

それに……。実を言うと綾はたった今、この八十三郎から庄次郎の行方不明を聞いて、思い出したことがあったのである。

二階の宴席に酒を運んだ時、庄次郎が金兵衛と何やら艶話《つやばなし》をしているのを耳にした。思い出したのは、その謎めいた断片だった。

「……で、どうなんだね。あの娘、いつまで鶴泉楼《かくせんろう》の〝新造《しんぞう》〟かね」

と金兵衛は言った。

「へえ、花魁《おいらん》になるにはもうちっと修業が、恐れいりやの鬼子母神《きしもじん》でござんしょ……」

と庄次郎は駄洒落《だじゃれ》を交えて答え、さらに何か隠語《いんご》めいた言葉をやりとりして、笑ったのである。

ちなみに遊郭《ゆうかく》でいう〝新造〟とは、花魁の世話をする見習い女郎のこと。つまり二人は、その若い遊女を共有しているような様子だった。

「放っておいていいのかね」

「てへっ、ま、行けたら、今夜にも行ってみまっさ」

と聞こえてきた。どうやら女を巡って、金兵衛と庄次郎との間に、何か了解があるようだった。

とすれば庄次郎は、真夜中に、鶴泉楼の新造のもとへ行った可能性がある。それは金兵衛も知っていよう。庄次郎がその若い遊女を愛していると知っていて、金兵衛はからかっていたのだろう。

そこで綾は思い巡らした。

もしここで金兵衛の名を出したら、この弟はすぐに訪ねて行くだろう。急襲された金兵衛は、慌てて庄次郎の居場所を喋ってしまうかもしれない。

実は綾は、何となく、あのヒキガエルを迫真に演じてみせた兄の方に、好感を感じている。

武の世界から解き放たれたその兄を、再び戦禍《せんか》に連れ戻そうとする八十三郎に、何となく反感めいたものを感じてしまうのだ。

今の居場所が、鶴泉楼の新造の元かどうかは分からないが、この弟が、兄の元へ乗り込んだら、きっと強引に連れ戻すだろう。何となくそのようには仕向けたくない気がするのだった。

少なくともこの自分が、それに手を貸したくない……と思う。もちろん、私心を交えるのは良くないと承知の上だが、この兄弟の不幸を拡大するようなことに、積極的に関わりたくない気がした。

「はい、ご用件承りました。今、奥で聞いて参りますから、少しお待ちくださいませ」

そう言い置いて、廊下をお廉の部屋まで摺《す》り足で走った。

どんなことであれ、お客の連絡先を勝手に教えるのはご法度《はっと》である。お廉はもう自室で起きているが、朝食と化粧を済ませて出てくるのは、あと半刻後になるはずだった。

「おかみさん、綾でございますが、ちょっと伺いたいことがございます」

と廊下から、障子を開けずに声をかけた。

「なに、言ってみて」

とお廉は無造作に言った。鏡に向かって化粧中らしい。

「昨日の八十三郎様がお見えになって、金兵衛様のご住所を教えてほしいと申しておられます。どう致しましょうか」

「へえ、なぜ金兵衛様の住所を？」

「あの庄次郎様がまた出奔されたようで、手がかりがほしいそうです」

　やや沈黙があってから、答えが返ってきた。

「ええ、教えてお上げ。兄弟のことだもの、教えない理由はない。ただ、場所は大体しか分からないけど」

「あのお方は古河原金兵衛様で、『甲州屋』という酒造家《おさかや》だそうでございます。江戸のお店は、あいにく詳しい場所は存じ上げないそうですが、神田で有名なお店だそうで」

　とこれは正直に答えると、相手は頷いた。

「かたじけない、そこまで分かれば結構だ」

「あ、ただし、今朝はまだお帰りではないかもしれないと……。昨夜、どこかに寄ると言っておられたそうで」

　と付け加えた。それは綾の〝作り話〟だが、昨夜の話からすると当たらずとも遠からずだった。

「それはどうも」

八十三郎は、疑う様子もなくあっさり頷いた。

「うむ、では先に行く所もあるし、午後に回そう」

と独り言のように呟き、丁寧に礼を言って引き上げたのである。

綾は急いで部屋に戻り、硯《すずり》を出して、一筆認《したた》めた。

宛て先は『甲州屋』古河原金兵衛である。

昨日、短い挨拶を交わしたが、覚えていてくれるかどうか。ともかく八十三郎が甲州屋に乗り込む前に、その訪問を知らせておきたかった。

「……土肥庄次郎様がまた出奔なされたらしく、弟御《おとうとご》が今しがた、金兵衛様の〝連絡先〟を篠屋に聞きに来られました。立場上、お教えしましたが、午後に訪ねた方が安全だろうと伝えたので、午後の訪問になるかと思います。後はよしなに頼みます」

……と、内容はそれだけである。

要するに何も教えないでほしいという〝本心〟が、これで伝わるかどうか。そう危ぶみつつ、手紙をいつものように、近所の飛脚《ひきゃく》業者に託した。

今までは近距離には届けてくれなかっただが、最近は不景気のせいか、お代を少し弾むと届けてくれるのだ。

四

神田にある金兵衛宅の庭は、すでに早春の装いだった。

広くはないが、池や築山《つきやま》もそれなりに設《しつら》えてある。天気のいい日は、近くのお屋敷の森から飛んで来るのだろう、小鳥が朝からうるさいほどに囀《さえず》っていた。

今日は日差しも暖かく、縁側の戸を開け放すと柔らかい空気の中に、沈丁花《じんちょうげ》の甘い香りが溶けていた。

金兵衛はこの縁側に膳を出して、朝餉を終えたところだった。

ご相伴《しょうばん》は、庄次郎である。

庄次郎は突然、ここを訪ねて来た。五つ（八時）少し前だった。

仏壇に灯りと水をあげ、庭をしばらく散歩してから、遅い朝餉を取ろうとしていた金兵衛は、思いがけない訪問に驚いて、この朝陽のあたる場所で迎えたのだ。

庄次郎は羽織に威儀を正しているが、よく眠っていないらしく、赤く充血した目を眩しげに瞬きながら言った。

「こんな時間にまことにすまんことです。実は手前は今日から、彰義隊に入ることにしたのでご報告に参りました」

「ええっ？」

金兵衛は驚いて目を剝いた。

彰義隊に入るとは意外だったが、槍ひと筋の家であるその背景を考えれば、無理のない話とは思った。だがその報告のため、こんな時間に訪ねて来るとは、何かあったのかと疑ったのだ。

「そうでしたか。それは結構なことだが、だから……？」

幾らか皮肉な口調で、煙草盆を引き寄せた。

あくまでこの庄次郎との関係は、旦那と幇間であり、それ以上の関係ではないのだから、庄次郎もそれは先刻承知だろう。

「はい、この露八、先般の約束はご破算《はさん》にして頂きたくて、急いで参ったのです」

「えっ」

とまた金兵衛は驚きの声を上げた。

「先般の約束とは……」

「はい、例の愛里《あいざと》のことです」

「…………」

金兵衛は煙管に莨を詰めた手を止め、相手を見た。

愛里とは吉原の鶴泉楼の新造の名で、二人はこの遊女を巡って、一つの取り決めをしていたのである。

もう数年前のことになるが、金兵衛はこの美しい遊女を身請けしたいと願い、そのむね妓楼《ぎろう》に申し出た。

ところがそこの亭主が言うには――。

愛里には一人の男が付き纏《まと》っている。

身分は武士で、武術も一流の腕をしているようだが、どういうわけか大の字のつく道楽者で、吉原に入り浸り、軍資金に詰まると得意の三味線や話芸で幇間の真似事をし、何日も居続ける変人である。

今は洒落で荻江露八と名乗ってさえいるのだった。

そんな変わり者に、なぜか愛里も惚れ込んでいた。

だが男は武士だから、この二人を無理に引き離すようなことをすれば、〝無礼者〟とばかり、どんな仕打ちに遭うか分かったものでない。のちのち面倒なことにならぬよう、一応注意しておくという。

それを聞いて金兵衛は、ひどく不愉快に思った。

武士といっても、しょせん道楽者の成れの果て。男前で女にちやほやされ、放蕩無頼で身を持ち崩したに違いない。

食い詰めて安易な芸にすがり、受けがいいからと図に乗って、洒落で幇間を気取っているのだろう。

金兵衛に言わせれば、もっての外《ほか》だ。

苦労してここまで叩き上がったこの商人にとっては、吉原遊郭は、無上の遊び場だった。苦労を重ねて世の中を生き抜き、それなりの地位と財産を築いた男にだけ許される、天上の夢の世界なのだ。

迎える側も、滅多《めった》に見られぬ気高い花魁と、一流の芸妓、幇間を取り揃え、高額な花代を裏切らぬ遊びを客に提供しくれる。

武士を鼻にかけた甘ったれが入り込む余地はない。

それに、たかが幇間といえども、話芸や音曲などに秀《ひい》でなければ、それで身を立てるのは至難の技だ。もっと地道に生きる道を考えない限り、これからの時代を乗り切ることは出来まい……。

そんな説教をして、多少の金を与えて手を引かせよう。

そう考えて金兵衛は、ある茶屋の座敷に呼び出したのである。

だが自分の前に畏まった土肥庄次郎を見て、少し拍子抜けした。

どう贔屓めに見ても、男前とは見えないのだ。大きな色黒な顔に、大きめの目と鼻と口が、落ち着き払って付いている。

いくら武士とはいえ、こんな醜男《ぶおとこ》にあの愛里が惚れているとは、とても信じられなかった。

だがまずはやんわりと品《ひん》良く切り出した。

「自分は古河原金兵衛と申す、甲府の田舎商人です。実は新造の愛里を身請けする段になって、お手前も同じ遊女に通いつめていると聞きました。ここで無理に身請けし、後にイザコザを残したくないと考え……」

腹を割って事情を話し、なんとか穏便に解決出来ないものかと、こうして一献《いっこん》差し上げる次第である……と。

「もちろんタダでというほど無粋者《ぶすいもの》じゃァない。この手前勝手な不躾をお詫びし、それ相応の謝礼は致しますんで、ここはぜひご一考願いたいですな。ま、後腐れなきように……」

と、だんだんぞんざいな口調になった。

するると、頷きながら丁寧に聞いていた相手は、突然笑い出した。

「何をご冗談言いなさる。たしかにあたしは愛里に恋焦がれておりますが、身請けなど出来るお大尽《だいじん》じゃございませんよ。どうか、ご自由に身請けなさってください」

「では、手を引いてくれるということで？」

「引くも引かぬもございません。あたしは、旦那様の恋路の邪魔はしておらんつもりです。ただ愛里が遊女でいる限り、一晩買うか買わぬかについちゃ、ひと様の指図は受けません」

もっともだ、と金兵衛は思った。

だが胸の内にどこか面白くないものが残る。こんな醜い若造が、でかい目を剝いてあっさり自分をかわしたのが、どこか業腹《ごうはら》だった。

「しかし何ですな、私はもう六十にあと三つの年寄りだが、あんたはまだ三十そこそこでしょう」

「もうすぐ三十です」

「そうでしょうとも。まだまだ血気盛んなお年頃だ。あんたは恋い焦がれていると言いなさるが、本心はどうなんです？　その若さなら普通、女を我が物にしようと、もっとジタバタするもんじゃないのかね」

「いや、お言葉ですが、これも修業と心得ておりますんで。幇間という身分を志す限りは、今後も麗《うるわ》しい芸者や花魁にどれだけ会うか分かりません。自分は惚れっぽいんで、今後どれだけの災難に見舞われるかと、今から恐ろしいですよ」

「しかし、幇間は、遊女に手をつけてはならんのでしょう」

「そこなんですよ、旦那様。手前は今はまだ見習いですが、正式に幇間になれば、花街の女に手を出すのはご法度です。業界を追放されますよ。だからあの愛里が、最後の女になるかもしれんのです」

「ははあ……」

「愛里も自分も、覚悟はしておるんです。身請けしてくれる〝お大尽〟が現れた時が、別れ時と。いっそ早く現れて気軽になりたいとさえ、思ってますよ」

「ほう」

そう言われてみると、金兵衛はますますもっともな気がした。だが、どうもよく分からない。

「あんたの迫力に、愛里が参った気持ちが、少しは分かった気がします。あんたは果《か》報者《ほうもの》だ。お話を聞いて初めて、ヤキモチを感じましたよ。いや、ま、あんたを苦しめるためには、なまじ身請けなどせんことですかな、ははは……」

言って、金兵衛は大声をあげて笑い出した。

「しかしお武家さんが、好きな女と別れてまで、なぜ幇間になりたいんで？　そこらがどうも……」

「人に笑われるのが好きなんですね、たぶん。芯から馬鹿者と思われてしまえば、ホッとするんですよ。武士は性《しょう》に合わんです。人と競争するのがダメなたちでね」

と庄次郎は笑っている。

「ふむ、私はあんたが気に入った。一人の男として戦いたいから、正直、身請けは止めにしようという気にもなった。先のことは分からんが、どうですか。これも縁だから、当面は愛里の愛好者として、お付き合いしませんか」

そう言い出したのである。

そのことがあってから、すでに四年が経とうとしていた。

その間、庄次郎は上方《かみがた》や長崎《ながさき》を放浪し、愛里と会えない月日もあった。

だが金兵衛は、相変わらず〝愛好者〟として愛里の元に通い続けていた。

庄次郎の言う〝約束〟とはそのことで、金兵衛はそれを破っていないのだった。

「……自分は徳川の縁に生まれた者として、再び二本差しに戻ります」

そんな声に金兵衛は長い回想から覚め、庄次郎を見た。

「……」

「今日にも彰義隊に入る所存であります」

彰義隊に入るという決心のため眠っていないのか、目が充血して憔悴《しょうすい》しているのが見えた。

五

「ついては、この庄次郎、愛里は諦めますんで、いつぞやの約束はなかったことにして頂きたい。今後は、金兵衛さん、あなたに任せますから、どうか身請けして、あの妓《こ》を幸せにしてやってくれませんか」

「……」

金兵衛は、この男の中で、武士の末裔《まつえい》であるという自覚と、武士を捨てて没入してきた芸の世界が、くんずほぐれつしている様を見ていた。

彰義隊に入って死ぬ気であろうと感じた。

「……旦那様、失礼いたします」

とその時、女中が、飛脚が届けてきた手紙を、盆の上に載せて入ってきた。金兵衛は黙って封を切り、黙読してから頭を上げた。

「ふむ。これは篠屋の女中からの手紙ですが、弟御があんたを探しています。午後には、ここに見えるそうですよ」

と手紙を庄次郎に渡した。

「どうしなさるか、ここで弟御を待ちますか？」

「いや、もうすぐここを出ますが、まずは茶漬けを所望《しょもう》していいですか。実は朝から何も食べておらんので」

「ああ、それは好都合だ。私も、朝飯がまだでしてな」

金兵衛は手を叩いて下女を呼び、いつもの朝食を二人前持ってくるよう命じたのである。

花の香りが漂う縁側で、二人は黙々と簡素な朝食をとった。

食べ終えると、金兵衛は言った。

「弟御が見えたら、私は、何も知らんと申しておきましょう。庄次郎殿はここには見えなかったと。そうです、私はあくまで露八っつあんにしか会ってないですから。この女中も、そう言ってほしくて、手紙をよこしたのでしょう」

「ぜひそう頼みます。で、愛里の件のお返事は如何に？」

「あれは……否《いな》です」

「え？」

「あんたが諦めた以上、愛里は、この金兵衛も諦めます。身請けはしませんぞ」

「それは……」

チチチ……と庭の木立で小鳥がうるさく声を上げた。まさか弟が来たのでは、と庄次郎は赤らんだ目を上げ、そちらを見やった。

何ごともないのを確かめて、続けた。

「自分は、これ限り愛里には会わないつもりなんでして……。だから、面倒を見てやって頂けたら、安心なんで」

「それは安心なされよ。愛里を自由な身にしてやるのは、やぶさかではありません」

言って金兵衛は咳払いをし、煙草盆を引き寄せた。

「しかし、露八っつあん、死んじゃいけませんよ。少なくとも私の年まで生きて、今の私の気持ちを分かってほしい」

この春の日の昼下がり、綾は甚八に呼ばれて玄関に出た。

そこに、まるで弟の八十三郎と入れ違いのように、昨夜、ひき蛙になって座敷を這い回っていた大男が、突っ立っているのを見た。

綾は驚いて頭を下げた。

相手はそれ以上に頭を深く下げた。

「いや、綾さんのおかげで命拾いしたんで、お礼を言いに参ったのです」

「え？」

「弟は今朝、この兄を斬るつもりでここに来たんですよ」

「えっ」

「今朝、わしはあの金兵衛旦那の元におったんで、もし鉢合わせしたらバッサリでしたよ」

と少し酔った口調で、仕草を交えて話した。

ろれつが回らないほどではないが、どこかでしたたか呑んで来たような、怪しい口調である。

「本当ですか、そうも見えませんでしたが？」

「いや、他人様《ひとさま》には分からんでしょうがな。ただ、弟は誤解したんです。あたしが約束を破ったとね。そうではないのだが、どうもあの種の男は、早とちりが多くて困る。はははは……」

「まあ、では、これから帰られるので？」

綾は相手を眩しく見返して言った。

「そう、小石川の屋敷に戻って、弟の帰りを待ちましょう。その後、弟と約束した通り、彰義隊に入ります」

庄次郎はおうむ返しに言い、でかい顔をひしゃげてまた笑った。

「そうそう、ここは舟宿でしょう。小石川下まで舟を頼もうと思ってね」

たまたま船頭部屋にいた六平太の舟に乗ることになり、少し酔いの冷めた庄次郎を、綾は船着場まで送った。

「ではご武運《ぶうん》を祈ります。どうぞお達者で」

「ああ、いやいや、綾さんこそ……」

舟が見えなくなるまで見送った。

深い事情は知らないが、心底、彰義隊士になると決心しているらしいこの人物と、またまみえることがあるかしらと思った。

上野戦争を生き延びた庄次郎は、明治十八年、幇間として〝古巣〟吉原に舞い戻る。ここで荻江の名を返し、松廼家《まつのや》節の名を貰って、〝松廼家露八〟を名乗る。名実ともに、幇間の家元となったのだ。

以後、新政府の高官や旧幕時代の上司の酒席に侍り、〝名物芸人〟として名を成すのである。

ところでこの人物は、何度かの結婚の後、最後に吉原の娼妓《しょうぎ》を娶《めと》った。

御徒町の旗本の娘に生まれながら、芸事が好きで、人気噺家《はなしか》三遊亭圓朝《さんゆうていえんちょう》の最初の妻になった女である。だが一子を生んでからやはり芸事から離れられず、圓朝と別れて娼妓となり、露八と結ばれたのである。

第四話　千鳥《ちどり》の鳴く夜

一

〽猪牙《ちょき》で　セッセ　行くのが深川通い
　　アレワイサノサ
　……客の心は　うはの空
　とんで行きたい　ぬしのそば

篠屋の二階から、切れ切れにそんな端唄《はうた》がこぼれてくる。
暗い桟橋《さんばし》で舟の手入れをしながら、弥助《やすけ》は聞くともなしに聞いていた。
この濁りのない声は、芸妓のお愛《あい》だろう。

その声はまるで、葉先を転がる雨粒のように粒だって、艶《つや》がある。何より心地いいのは、どこか朗《ほが》らかだった、

たとえ何人もの芸妓たちが唄い騒いでいても、弥助はお愛の朗らかな声だけは聴き分けられる。

(痺《しび》れる声だ)

と弥助は思う。思わずつられて船着場から上がり、声がよく聞こえる場所を探して佇んだ。

対岸に花街の灯りがまたたいており、春先の柔らかい闇に、沈丁花《じんちょうげ》の甘い香りが溶けている。

これまでは、端唄だの小唄だののお座敷唄を、弥助の耳は一切受け付けなかった。もちろん聞いたことは何度もあるが、遊び人の〝じゃらくせえ戯《ざ》れ唄だ〟としか思わなかった。

そう、お愛の唄を聴くまでは。

蝦夷《えぞ》の海で、五年近くもニシン漁をしてきた弥助にとって、唄といえば、漁の唄しかない。

唄うのは、全力を傾けて働く時だ。

魚の群れを全速力で追いかける時や、獲物がどっさりかかった網を、懸命に引く時である。仲間と呼吸を合わせ、調子を取って、全員で全速力で漕ぎながら、死にもの狂いで唄うのだ。

伴奏は、櫂《かい》を漕ぐ音と、頭上を飛び交うカモメの鳴き声だけ。

頭から波しぶきを浴び、腕や脚や腰の全身の筋肉を振り絞って、腹の底から声を出す。その時だけは、凍った海での死ぬほどの辛さも吹き飛んだ。

海から離れた今でも、辛い時や、酒に酔った時、口から出るのは漁の唄である。

そんな、意固地《いこじ》なまでに閉ざしていた弥助の耳に、初めて入って来たのがお愛の唄だった。唄というより、お愛という女の声……と言った方がいいかもしれない。

やがて三味線の音が止むと、弥助は舟に戻る。

玄関が賑やかになり大きく開かれた戸口から、灯りがこぼれてくる。

その中から提灯《ちょうちん》をかざした誰かが出て来て、舟に駆け寄って来た。

「お客様がお帰りですよう、準備はいいですか」

これは女中の綾の声である。

「おう、準備万端《ばんたん》だ」

と暗闇の中で、弥助は太い声で応じる。すでに舟灯りを灯し、いつでも漕ぎ出せるよう待機していた。

足元をおかみのお廉の提灯で導かれながら、旦那衆が船着場へ降りて来る。続くのが二人の芸妓と女中達である。

客を取り巻くようにサワサワとさざめく女たちの中で、お愛の声をすぐに聞き分けた。

これと分かると、いつも幸せな気分に満たされる。この声を授かるために、この船頭をしているような、無上の気分だった。

恰幅《かっぷく》のいい客が乗ったおかげで、舟は大きく揺れた。

岸で見送る女たちは嬌声《きょうせい》を上げて笑い、客もまたいい気分だろう。弥助に向かってお愛が手を振り、弥助はペコリと頭を下げ、大きく櫓を漕いで河岸を離れる。

弥助が篠屋の船頭となって三年と少しだが、お愛を見知ったのはつい半年前のことである。それまで見かけたことは何度かあるが、口を利《き》いたことも、乗せたこともない。

下世話《げせわ》な席では、よくその人の噂話を耳にするので、少しは知っていた。

年はまだ二十二、三だが、柳橋で五本の指に入る人気芸妓で、三味線の弾き語りの名手であると。

だが芸妓など、自分には無縁の存在だった。

そもそもいつだってお高く止まり、金や地位で男を測るような女達が、どうにも好きになれない。向こう様にとっても、自分などは塵芥《ちりあくた》の輩《やから》だろうが、自分にとっても、一生関わりを持つことはないだろうと思った。

それが昨年の七月のこと、女中の綾から声をかけられた。

「弥助さん、入谷《いりや》の朝顔市《あさがおいち》に行きたいっていう人がいるんだけど、連れてって上げてくれる？」

「いいすよ、吾妻橋《あづまばし》まで行って、下ろしゃいいんでしょ」

と気軽に引き受けた。

「ええ、舟では吾妻橋までね。でもその先がある。そこから徒歩で、入谷の朝顔市まで案内してもらいたいの。いえね、腕っこきを頼むと先方がうるさいんで、あんたがいいと思って。おかみさんのお許しも貰ってあるの」

その依頼人がお愛だった。

下谷坂本町《さかもとちょう》で生まれ育ち、四歳までそこに住んでいたという。

幼いお愛の遊び場だった入谷は、毎年のように朝顔市が開かれる場所だった。沢山の花と大勢の人が戯《たわむ》れるその光景は、幼な心にも夢のようで、十八年経った今も鮮明に記憶に残っているのだと。

「あ、断っておくけど、行くのはお愛さんじゃないの」

その夏、四つ下の妹ミヨが、行きたいと言い出した。

「お姉様の生まれた所に、一度連れてってちょうだい」

朝顔市が開かれる真源寺《しんげんじ》の入谷鬼子母神にもお参りし、良い縁が授かるよう祈願したいのだという。

あたしも行きたいんだけど、この暑さじゃね……とお愛は、気乗りしない口調で言ったのだ。それに今年は、花があまり集まらないという話も聞いていた。

朝顔市に出品される花の多くは、御徒町に住む御家人衆の内職で栽培されている。とはいえ例年、腕によりをかけた珍しい幻の花が作られ、優劣が盛んに競われてきたのだ。

だがこの年は御家人らが長州との内戦に駆り出され、いつもの賑わいはほとんどないのだという。

姉様が行かないなら、お友達と一緒に行きます、皆どこかに行きたがってるのよ、とミヨは言った。

「でもこのご時世だもの、若い娘ばかりじゃ物騒でしょ。ついては綾さんに、お願いがあるの」

とお愛は綾に頼み込んだという。

「浅草辺りまで妹たちを舟で運んでくれ、ついでに入谷まで連れてってくれる船頭さんはいない？　もちろん櫓漕ぎがうまくて、腕っぷしが強く、いなせで……。でも娘たちをかどわかしたりしない人」

そんな冗談を交え、笑いながら持ちかけたのだ。

すると思いがけなくも綾はにっこり笑って、答えた。

「はい、篠屋の船頭はみなそれに当てはまりますよ。ええ、腕っぷしが強くて、親切で。でも特に、御誂《おあつら》え向きの者がおります。名は弥助といって今年、二十八くらい。不愛想でちょっと付き合いにくいけど、心優しい船頭に間違いありません」

ただ〝いなせ〟とは言えないかもしれない

筋骨隆々《きんこつりゅうりゅう》で体格がいいが、いかついご面相《めんそう》である。張り出した額と肉付きのいい頬の谷間に、細い精悍《せいかん》な目が光っており、ひき結んだ唇からは、あまり多くの言葉を発しない。

口が重いおかげで、人気の船頭にはなり難く、わざわざ指名してくれる贔屓客はほとんどいないのだ。

だが以前、〝やん衆〟と呼ばれるニシン漁の出稼ぎ漁師をしていただけあって、櫓さばきは抜群に上手《うま》かった。

ちなみに篠屋の船頭で一番人気は、何といっても頭《かしら》の磯次である。

豪胆沈着《ごうたんちんちゃく》な性格の上に、大井川《おおいがわ》の川越人足《かわごえにんそく》を束ねる川庄屋《かわしょうや》の家に生まれ、幼時から舟を操って来た経験が物を言う。

二番は、六平太だ。昔から櫓漕ぎのいなせな姿に憧れ、無宿者から、篠屋の船頭になった果報者である。

石川島《いしかわじま》人足寄場でみっちり技術を学んでおり、危なげのない櫓さばきと客あしらいに、客の信頼が寄せられていた。

ただ非常時での櫓さばきは、弥助の右に出る者はいない。

暴風雨に荒れる川面でも、弥助の舟は大揺れもせずに漕ぎ進むのは、磯次も認めるところだった。

というように実力は一番と誰もが認めるが、惜しむらくは愛想のなさである。喧嘩っ早いのも、欠点の一つだ。

何しろ荒ぶる北の海で、命がけで漁に身を投じて来た、命知らずの荒くれ者だ。寡《か》黙《もく》で一徹《いってつ》な性格で、腕っぷしが強く、船頭仲間の揉め事や、勇《いさ》み肌の連中との喧嘩で、負けたことがない。

そんな評判もあって、贔屓筋の客は一人もいない。しかし本人は、船頭を天職と考えているようだ。

まずは舟に凝っている。商売で使うのは篠屋のものでなく、自前の舟に『北海《ほっかい》』と名付けて愛用していた。暇さえあれば入念に手入れし、給金のほとんどを投じている。

渾名《あだな》は〝弥ん衆〟……。

そんな綾の説明にお愛は笑い転げた。特徴ある愛らしい黒目がちな目を、くりくりさせて言った。

「その人がいい！　ものは試し、是非その弥ん衆さんに頼んでみて……」

そんな裏の事情を、綾は弥助に話したのである。

「そういうわけでお愛さんは乗らないけど、構わない？」

と念をおすと、弥助はあっさり言った。

「構うも構わねえもねえさ、商売だよ」

お愛がどうであろうと、そんなことはどうでもいい。〝船頭〟兼〝用心棒〟で、お愛がくれるその報酬が、悪くなかったのだ。

入谷までは、女の足でも四半刻（三十分）だ。大川を遡《さかのぼ》って吾妻橋の袂《たもと》で舟を下り、徒歩で賑やかな大通りを上野方面へ進む、それは弥助にはいい散歩の道だ。

弥助はミヨに頼まれるまま黙々と歩き、十鉢以上の朝顔を籠に入れて背負い、両手にも何鉢も下げて持ち帰った。

それが後でお愛に喜ばれ、直接礼を言われたのである。

「弥助さん、妹のお守《も》りを有難う。すごく喜んでますよ」

（あっ、この人が、あの声の主《ぬし》か）

とその時、弥助は初めて知った。

以来、今まで以上にあの声に耳をすませるようになり、お愛からのご指名も、たまにかかるようになったのだ。

二

この日も、お客が弥助を指名してくれたのは、お愛の口添えのおかげだった。だがお礼一つ言わない弥助に、綾が気を揉《も》んだ。

提灯を持って真っ先に出て来た時も、

「一言お礼を言ってちょうだいね」

と耳元で囁いたのだが、あいにくそれを言う余裕がなかった。

そんな不器用な弥助だが、なぜか綾は好いている。人気《にんき》がない理由が分からなかった。

いつだったか、千吉がつくづくと言ったことがある。

「あの弥助兄ィって、ほんとに変わったやつだ」

千吉はその日、船着場から上がって来たのだが、途中で慌てて舟に戻っていく弥助と、玄関前の庭で鉢合わせした。

釣銭入れの袋を舟に置き忘れたと言う。

頷いてすれ違ってすぐ、弥助の太い声がした。

「……待ちやがれ！」

振り向くと、袋を手に逃げて行く男の姿が見えた。

弥助はすぐに追いついて背後から襟首を摑み、突き倒し、乱暴に手を後ろに捻《ひね》りあげた。そこで一発見舞おうと手を振り上げたのだろう。

ふと急にその手を引っ込め、何か言って、袋も取り返さずに戻って来たのである。

「どうしたんすか？」

一部始終を見ていた千吉は、不思議に思って問うと、

「いや、あん畜生《ちくしょう》、ぶん殴ってやりてえんだが」

と弥助は頭を振った。男は殴られそうになって、

「兄《あに》さん、勘弁してくれろ、腹が減ってつい手が出ちまってよ」

と言ったという。

「言われてみりゃ、後ろから小突《こづ》いただけで、倒れやがった。こんな紙みてえな男を殴っても、殴り甲斐《がい》がねえや」

そこで、もっと太って出直して来い、と小銭袋はくれてやったのだと。


幕府が瓦解《がかい》してしまったこの慶応四年も、桜の季節が巡ってきた。

この年は雨が多く、桜の方も咲き渋ってか、いつ咲いたとも見えないうちに、慌ただしく散ってしまいそうだった。

だがそんな三月も、何日かは太陽が姿を見せ、爛漫《らんまん》とした桜の威容《いよう》を誇る日があった。そんな日の午後のこと――。

弥助は『北海』で両国河岸まで下り、そこで待っていたお愛を乗せて、向島まで漕ぎ上がったのである。

101-8405

書籍のご注文は84円
アンケートのみは63円
切手を貼ってください

東京都千代田区神田三崎町2-18-11

二見書房・時代小説係 行

ご住所 〒	
TEL - -	Eメール
フリガナ	
お名前	(年令 才)

※誤送を防止するためアパート・マンション名は詳しくご記入ください。

22.4

愛読者アンケート

1 お買い上げタイトル
（　　　　　　　　　　　　　　　　　　　　　　　　）

2 お買い求めの動機は？（複数回答可）
□ この著者のファンだった　□ 内容が面白そうだった
□ タイトルがよかった　□ 装丁（イラスト）がよかった
□ 広告を見た　（新聞、雑誌名：　　　　　　　　）
□ 紹介記事を見た（新聞、雑誌名：　　　　　　　　）
□ 書店の店頭で　（書店名：　　　　　　　　　　）

3 ご職業
□ 会社員 □ 公務員 □ 学生 □ 主婦
□ 自由業 □ フリーター □ 無職 □ ご隠居
□ その他（　　　　　　　　　　　）

4 この本に対する評価は？
内容：□ 満足 □ やや満足 □ 普通 □ やや不満 □ 不満
定価：□ 満足 □ やや満足 □ 普通 □ やや不満 □ 不満
装丁：□ 満足 □ やや満足 □ 普通 □ やや不満 □ 不満

5 どんなジャンルの小説が読みたいですか？（複数回答可）
□ 江戸市井もの　□ 同心もの　□ 剣豪もの　□ 人情もの
□ 捕物　□ 股旅もの　□ 幕末もの　□ 伝奇もの
□ その他（　　　　　　　　）

6 好きな作家は？（複数回答・他社作家回答可）
（　　　　　　　　　　　　　　　　　　　　　　　　）

7 時代小説文庫、本書の著者、当社に対するご意見、
ご感想、メッセージなどをお書きください。

ご協力ありがとうございました

↓ この線で切

大江戸いったい長屋シリーズ

①ぬけ弁天の菊之助 ②無邪気な助っ人 ③背もたれ人情 ④ぬれぎぬ

大仕掛け 悪党狩りシリーズ

①如何様大名 ②黄金の屋形船 ③捨て身の大芝居

北町影同心シリーズ

①閻魔の女房 ②過去からの密命 ③挑まれた戦い ④目眩み万両
⑤もたれ攻め ⑥命の代償 ⑦影武者捜し ⑧天女と夜叉
⑨火焔の啖呵 ⑩青二才の意地

喜安 幸夫(きやす・ゆきお)

はぐれ同心 闇裁きシリーズ

①龍之助江戸草紙 ②隠れ刃 ③因果の棺桶
④老中の迷走 ⑤斬り込み ⑥槍突き無宿
⑦口封じ ⑧強請の代償 ⑨追われ者
⑩さむらい博徒 ⑪許せぬ所業 ⑫最後の戦い

見倒屋鬼助 事件控シリーズ

①朱鞘の大刀 ②隠れ岡っ引 ③濡れ衣晴らし
④百日髷の剣客 ⑤冴える木刀 ⑥身代喰逃げ屋

隠居右善 江戸を走るシリーズ

①つけ狙う女 ②妖かしの娘 ③騒ぎ屋始末
④女鍼師 竜尾 ⑤秘めた企み ⑥お玉ケ池の仇

倉阪 鬼一郎(くらさか・きいちろう)

小料理のどか屋 人情帖シリーズ

天下御免の信十郎シリーズ

①快刀乱麻 ②獅子奮迅 ③刀光剣影 ④豪刀一閃
⑤神算鬼謀 ⑥斬刃乱舞 ⑦空城騒然 ⑧疾風怒濤
⑨駿河騒乱

聖 龍人(ひじり・りゅうと)

夜逃げ若殿 捕物噺シリーズ

①夢千両すご腕始末 ②夢の手ほどき ③姫さま同心 ④妖かし始末
⑤姫は看板娘 ⑥贋若殿の怪 ⑦花瓶の仇討ち ⑧お化け指南
⑨笑う永代橋 ⑩悪魔の囁き ⑪牝狐の夏 ⑫提灯殺人事件
⑬華厳の刃 ⑭大泥棒の女 ⑮見えぬ敵 ⑯踊る千両桜

火の玉同心 極楽始末シリーズ

①木魚の駆け落ち

氷月 葵(ひづき・あおい)

婿殿は山同心シリーズ

①世直し隠し剣 ②首吊り志願 ③けんか大名

公事宿 裏始末シリーズ

①火車廻る ②気炎立つ ③濡れ衣奉行 ④孤月の剣
⑤追っ手討ち

御庭番の二代目シリーズ

①将軍の跡継ぎ ②藩主の乱 ③上様の笠 ④首狙い
⑤老中の深謀 ⑥御落胤の槍 ⑦新しき将軍 ⑧十万石の新大名
⑨上に立つ者 ⑩上様の大英断 ⑪武士の一念 ⑫上意返し

→ この線で切り取ってください

↑ この線で切

取ってください

← この線で切り取ってください

⑬謀略の兆し ⑭裏仕掛け ⑮秘された布石 ⑯幻の将軍
⑰お世継ぎの座 ⑱刃の真相

藤木 桂（ふじき・かつら）

本丸 目付部屋シリーズ

①権威に媚びぬ十人 ②江戸城炎上 ③老中の矜持 ④遠国御用
⑤建白書 ⑥新任目付 ⑦武家の相続 ⑧幕臣の監察
⑨千石の誇り ⑩功罪の籤 ⑪幕臣の湯屋

藤 水名子（ふじ・みなこ）

古来稀なる大目付シリーズ

①まむしの末裔 ②偽りの貌 ③たわけ大名 ④行者と姫君
⑤猟鷹の眼

与力・仏の重蔵シリーズ

①情けの剣 ②密偵がいる ③奉行闇討ち
④修羅の剣 ⑤鬼神の微笑

旗本三兄弟 事件帖シリーズ

①闇公方の影 ②徒目付 密命 ③六十万石の罠

隠密奉行 柘植長門守シリーズ

①松平定信の懐刀 ②将軍家の姫 ③大老の刺客 ④薬込役の刃
⑤藩主謀殺

火盗改「剣組」シリーズ

①鬼神 剣崎鉄三郎 ②宿敵の刃 ③江戸の黒夜叉

剣客奉行 柳生久通シリーズ

㉑月影に消ゆ ㉒陽炎剣秘録 ㉓雪の別れ

北風侍 寒九郎シリーズ

①津軽宿命剣 ②秘剣枯れ葉返し ③北帰行 ④北の邪宗門
⑤木霊燃ゆ ⑥狼神の森 ⑦江戸の旋風 ⑧秋しぐれ

森 真沙子（もり・まさこ）

日本橋物語シリーズ

①蜻蛉屋お瑛 ②迷い蛍 ③まどい花 ④秘め事
⑤旅立ちの鐘 ⑥子別れ ⑦やらずの雨 ⑧お日柄もよく
⑨桜追い人 ⑩冬 螢

箱館奉行所始末シリーズ

①異人館の犯罪 ②小出大和守の秘命 ③密命狩り
④幕命奉らず ⑤海峡炎ゆ

時雨橋あじさい亭シリーズ

①千葉道場の鬼鉄 ②花と乱 ③朝敵まかり通る

柳橋ものがたりシリーズ

①船宿『篠屋』の綾 ②ちぎれ雲 ③渡りきれぬ橋 ④送り舟
⑤影燈籠 ⑥しぐれ迷い橋 ⑦春告げ鳥 ⑧夜明けの舟唄

和久田 正明（わくだ・まさあき）

地獄耳シリーズ

①奥祐筆秘聞 ②金座の紅 ③隠密秘録 ④お耳狩り
⑤御金蔵破り

怪盗黒猫シリーズ

取ってください

↓　この線で切

牧　秀彦（まき・ひでひこ）

孤高の剣聖 林崎重信シリーズ
①抜き打つ剣　②燃え立つ剣

南町番外同心シリーズ
①名無しの手練

八丁堀　裏十手シリーズ
①間借り隠居　②お助け人情剣　③剣客の情け　④白頭の虎
⑤哀しき刺客　⑥新たな仲間　⑦魔剣供養　⑧荒波越えて

浜町様 捕物帳シリーズ
①大殿と若侍　②生き人形　③子連れ武骨侍

評定所留役 秘録シリーズ
①父鷹子鷹　②掌中の珠　③天領の夏蚕　④火の車
⑤鷹は死なず

森　詠（もり・えい）

会津武士道シリーズ
①ならぬことはならぬものです

剣客相談人シリーズ
①長屋の殿様 文史郎　②狐憑きの女　③赤い風花　④乱れ髪 残心剣
⑤剣鬼往来　⑥夜の武士　⑦笑う傀儡　⑧七人の刺客
⑨必殺、十文字剣　⑩用心棒始末　⑪疾れ、影法師　⑫必殺迷宮剣
⑬賞金首始末　⑭秘太刀 葛の葉　⑮残月殺法剣　⑯風の剣士
⑰刺客見習い　⑱秘剣 虎の尾　⑲暗闇剣 白鷺　⑳恩讐街道

十手婆 文句あるかいシリーズ
①火焔太鼓　②お狐奉公　③破れ傘

↑　この線で切

↑ のりしろ ↓

全国各地の書店にて販売しておりますが、品切れの際はこの封筒をご利用ください。

安心の直送（冊子小包ほか）が便利です！

●お求めのタイトルを〇で囲んでお送りください。代金は商品発送時に請求書を同封いたしますので、専用の振込み用紙にて商品到着後、一週間以内にお支払いください。なお、送料は1冊215円、2冊310円、4冊まで360円。5冊以上は送料・無料サービスいたします。尚、離島・一部地域は追加送料がかかる場合がございます。

＊この中に現金は同封しないでください

●当社規定により先払いとなる場合がございます。

商品の特性上、不良品以外の返品・交換には応じかねます。ご了承ください。

●お買いあげになった商品のアンケートだけでもけっこうですので、切り離してお送りいただければ幸いです。ぜひとも御協力をお願いいたします。

●当社では、個人情報の紛失、破壊、改ざん、漏洩の防止のため、細心の注意を払っており、個人情報は外部からアクセスできないよう適切に保管しています。

＊書名に〇印をつけてご注文ください。

↓ のりしろ

⇦ 書籍をご注文の場合は84円切手。アンケートのみの場合は、63円切手を貼り、裏面のキリトリ線で切断して投函してください。

今

森 真沙子

夜明けの舟唄 柳橋ものがたり8 (22062) [発売日4/25]

江戸城無血開城に成功した山岡鉄太郎は、横濱の軍陣病院まで益満休之助を運ぶ。だが破傷風にやられ……。

青田 圭一(あおた・けいいち)

奥小姓 裏始末シリーズ

①斬るは主命 ②ご道理ならず ③福を運びし鬼 ④公達の太刀
⑤二人の手練

浅黄 斑(あさぎ・まだら)

無茶の勘兵衛日月録シリーズ

①山峡の城 ②火蛾の舞 ③残月の剣 ④冥暗の辻
⑤刺客の爪 ⑥陰謀の径 ⑦報復の峠 ⑧惜別の蝶
⑨風雲の谺 ⑩流転の影 ⑪月下の蛇 ⑫秋蜩の宴
⑬幻惑の旗 ⑭蠱毒の針 ⑮妻敵の槍 ⑯川霧の巷
⑰玉響の譜 ⑱風花の露 ⑲天空の城 ⑳落暉の兆

麻倉 一矢(あさくら・かずや)

剣客大名 柳生俊平シリーズ

①将軍の影目付 ②赤鬚の乱 ③海賊大名 ④女弁慶
⑤象耳公方 ⑥御前試合 ⑦将軍の秘姫 ⑧抜け荷大名
⑨黄金の市 ⑩御三卿の乱 ⑪尾張の虎 ⑫百万石の賭け
⑬陰富大名 ⑭琉球の舞姫 ⑮愉悦の大橋 ⑯龍王の譜
⑰カピタンの銃 ⑱浮世絵の女

上様は用心棒シリーズ

①はみだし将軍 ②浮かぶ城砦

かぶき平八郎 荒事始シリーズ

①残月二段斬り ②百万石のお墨付き

井伊 和継(いい・かずつぐ)

目利き芳斎 事件帖シリーズ

①二階の先生 ②物乞い殿様 ③猫化け騒動

飯島 一次(いいじま・かずつぐ)

小言又兵衛 天下無敵シリーズ

①血戦護持院ヶ原 ②将軍家の妖刀

井川 香四郎(いかわ・こうしろう)

ご隠居は福の神シリーズ

①ご隠居は福の神 ②幻の天女 ③いたち小僧 ④いのちの種
⑤狸穴の夢 ⑥砂上の将軍 ⑦狐の嫁入り ⑧赤ん坊地蔵

瓜生 颯太(うりゅう・そうた)

罷免家老 世直し帖シリーズ

①傘張り剣客 ②悪徳の栄華 ③亡骸は語る

大久保 智弘(おおくぼ・ともひろ)

天然流指南シリーズ

①竜神の髭

又ってください

好

長年密偵の元盗賊が、なぜか狙われる。敵の目的は、何なのか？ その深謀遠慮に挑むため、

①人生の一椀 ②倖せの一膳 ③結び豆腐 ④手毬寿司
⑤雪花菜飯 ⑥面影汁 ⑦命のたれ ⑧夢のれん
⑨味の船 ⑩希望粥 ⑪心あかり ⑫江戸は負けず
⑬ほっこり宿 ⑭江戸前祝い膳 ⑮ここで生きる ⑯天保つむぎ糸
⑰ほまれの指 ⑱走れ、千吉 ⑲京なさけ ⑳きずな酒
㉑あっぱれ街道 ㉒江戸ねこ日和 ㉓兄さんの味 ㉔風は西から
㉕千吉の初恋 ㉖親子の十手 ㉗十五の花板 ㉘風の二代目
㉙若おかみの夏 ㉚新春新婚 ㉛江戸早指南 ㉜幸くらべ
㉝三代目誕生 ㉞料理春秋

小杉 健治(こすぎ・けんじ)

栄次郎江戸暦シリーズ

①浮世唄三味線侍 ②間合い ③見切り ④残心
⑤なみだ旅 ⑥春情の剣 ⑦神田川斬殺始末 ⑧明烏の女
⑨火盗改めの辻 ⑩大川端密会宿 ⑪秘剣 音無し ⑫永代橋哀歌
⑬老剣客 ⑭空蝉の刻 ⑮涙雨の刻 ⑯闇仕合〈上〉
⑰闇仕合〈下〉 ⑱微笑み返し ⑲影なき刺客 ⑳辻斬りの始末
㉑赤い布の盗賊 ㉒見えない敵 ㉓致命傷 ㉔帰って来た刺客
㉕口封じ ㉖幻の男 ㉗獄門首

高城 実枝子(たかぎ・みえこ)

浮世小路 父娘捕物帖シリーズ

①黄泉からの声 ②緋色のしごき ③髪結いの女

辻堂 魁(つじどう・かい)

花川戸町自身番日記シリーズ

①神の子 ②女房を娶らば

早見 俊(はやみ・しゅん)

椿平九郎 留守居秘録シリーズ

①逆転！評定所 ②成敗！黄金の大黒 ③陰謀！無礼討ち ④疑惑！仇討ち本懐
⑤逃亡！真実一路

居眠り同心 影御用シリーズ

①源之助人助け帖 ②朝顔の姫 ③与力の娘 ④犬侍の嫁
⑤草笛が啼く ⑥同心の妹 ⑦殿さまの貌 ⑧信念の人
⑨惑いの剣 ⑩青嵐を斬る ⑪風神狩り ⑫嵐の予兆
⑬七福神斬り ⑭名門斬り ⑮闇の狐狩り ⑯悪手斬り
⑰無法許さじ ⑱十万石を蹴る ⑲闇への誘い ⑳流麗の刺客
㉑虚構斬り ㉒春風の軍師 ㉓炎剣が奔る ㉔野望の埋火〈上〉
㉕野望の埋火〈下〉 ㉖幻の赦免船 ㉗双面の旗本 ㉘逢魔の天狗
㉙正邪の武士道 ㉚恩讐の香炉

勘十郎まかり通るシリーズ

①闇太閤の野望 ②盗人の仇討ち ③独眼竜を継ぐ者

↑ のりしろ

又ってください

この日のお愛は、仕事ではない。不祝儀《ぶしゅうぎ》の袋を懐に忍ばせ、最近亡くなった義理ある人の家に、お悔やみに行くのだという。

その屋敷は桟橋に近いからと、供も連れていなかった。

向島に着くと、すぐに戻るから……と弥助を舟に待たせて、広場を囲む桜の木立の向こうへと消えて行った。

船着場の広場は、例年とは比べられぬほど桜見物の客が少なくて、今を盛りと咲く桜と、はためく幟《のぼり》だけが、静かに陽を受けていた。

弥助は、桟橋に繋留《けいりゅう》した『北海』に仰向けに寝そべった。

桜の木立の奥に消えた、小柄だが背筋のスッと伸びたお愛のしなやかな後ろ姿を目に浮かべて、しばし陶然としていた。

ぬくもった日差しと花の香りに包まれていると、ウトウトと眠気がさしてくる。桜の花びらが顔にふりかかった。

久しぶりに味わう幸せな春の午後。弥助のような船頭でも、こんな仕事にありつけることがたまにあったのだ。

もちろんお愛は、遠い存在であるのは変わりない。だが時々どこかから耳に入るその朗らかな声は、いつも弥助の心を溶かしてくれる。

（あの女は羽衣《はごろも》を隠した天女《てんにょ》かもしれん）

「……お待たせしました」

と艶のある声がした今も、ウットリしてそんなことを考えていたのである。

はっと飛び起きた。四半刻ばかりまどろんだろうか。喪服の似合うお愛の顔が、河岸から覗き込んでおり、笑っているせいか長い睫毛《まつげ》が目を覆《おお》って見えた。

その額にはうっすら汗が滲《にじ》んでいた。

弥助はすぐ桟橋に下りて、お愛の白い手をとって舟に導いた。柔らかくしっとりした感触だった。

広場の外《はず》れでざわめきが聞こえたのは、そんな、次に自分も乗ろうとした時である。

何か騒ぎが持ち上がったのか。

「助けて……」

というかん高い女の声に続いて、男の太い罵声《ばせい》がする。

振り返って見ると人だかりしており、どうやら若い女がやくざふうの男に、言いがかりをつけられているようだ。

だが周囲に野次馬が集まっている。衆人環視《しゅうじんかんし》の中だから、ひどいことにはなるまい。そう判断して、弥助は関わらずに舟に乗ろうとした。

すると舟が出ると見てか、女はいきなりこちらへ駆け寄って来たのだ。

「待って、船頭さん、乗せておくれ！」

門付《かどづ》けの鳥追い笠を被った女で、背に三味線を背負っている。

男が背後まで追って来ていたが、知ったことではない。

「先客がいる、別の舟を探せ」

と弥助はにべもなく断った。

「でも、船頭がいないんだよ」

甲高《かんだか》い女の声に、弥助は辺りを見回した。たしかに舟は何隻も繋留されているが、どの舟にも船頭がいない。昼下がりの気だるい時刻だったから、船頭らも休みをとっているのだろう。

だがすばやく見回す目に、やや離れた広場の縁台《えんだい》に寝転んで、ひなたぼっこをしている男が止まった。法被《はっぴ》を着て鉢巻をしている。

「ほら、あそこにいる」

と指差して教えた時、背後にお愛の悲鳴が聞こえた。

ギョッとして振り向くと、目を離した隙に、何故かあのヤクザふうの男が『北海』に乗り込んで、舫いを解いているではないか。

この野郎、何しやがる……と怒気が込み上げた。

「おれの舟に手を出すな！」

叫んで飛びかかろうとした……が何と驚いたことに、それより先に目の前の女が体当たりしてきたのである。

（な、なんだ、これは……）

一瞬、何が起こったか分からなかった。

男が、女を逃さないように先回りしたのなら、女はなぜ助っ人の自分にかかってくる？　弥助が飛び退いてそれを避けたので、女は再び飛びかかろうと構えている。

二人は舟泥棒の仲間か？

置引きや詐欺に出遭ったことはあるが、こんな白昼堂々のやり口は初めてだ。世間が騒がしいと、こんな世知辛《せちがら》い遣《や》り口がまかり通るのか。

そう思った時、すでに舟は、下りの流れに乗って滑りだしていた。

その時やっと気がついた。目的はお愛だ。舟ごとお愛を拐《かどわ》かして、どこかへ売り飛ばす算段だろう。

喪服の似合う匂うような美貌のお愛を、供もつけずに、桜の里に出した自分が迂闊《うかつ》だった。桜にかまけてうろつく花見客の中で、獲物を狙っていたのだろう。そこにお愛の姿を見て、これだと決め、あの男女は一芝居演じたのだ。

（これが一種の美人局《つつもたせ》というやつか）

まんまと引っかかった。

「お愛姐さん！」

思わず弥助は、下り始めた舟に向かって叫んだ。

「伏せててくだせえよ！　すぐ追いかけるから……」

言い様《ざま》、隣に繋がれていた舟に手をかける。

すると先ほど眠っていたはずの船頭が、駆け寄ってきた。

「おいおい、何をしやがる、そりゃわしの舟だ！」

「すまん、ちっと貸してくれ」

「冗談言うな。わしは花見客の帰りを待ってるんだ」

「急いでる、すぐ返す……」

組みついてくる男を思い切り突き飛ばし、舟に飛び乗った。朝から風はなく、空は天空まで晴れ上がっていた。

だがつい昨日までは雨だったのだ。水面は穏やかでも水量は多く、水面下ではうねっているのが弥助には分かる。

とはいえ弥助は速い流れに乗って、ぐいぐいと進んだ。

この活劇の一部始終を見ていた野次馬連中が、どうなることかと、土手を走って追って来るのが見えた。

ヤクザふうの男は、流れの中央の早瀬を進むから波があり、加減して漕いでいるようだ。だが弥助はゆるやかな平瀬《ひらせ》を行く。

強い波がないから、思い切って漕げる。男はみるみる追いつかれそうになり、力任せに漕ぐため舟が大きく揺らいだ。

「止まれ！　引き返しやがれ！」

そばまで追いついて、弥助が怒鳴った。

「わりゃあ、何者でえ！　そんな及び腰じゃ、ひっくり返《け》ェるぞ！」

「てやんでえ、ひっくり返ェりゃ、女は死ぬぞ」

「ハハッ、あいにくそうはならねえんだ。わしはやん衆じゃ。北の海の塩水飲んだ荒くれよ」

「くたばれ、死に損《ぞこ》ないめ！」

「その死に損ないがどうするか見とれや、お愛さん、伏せとれや！」

お愛が舟底に伏せて顔を上げないのを確かめ、やおら前の船に並行して進み、舳《へさき》をぶつけて行く。

ガガッと嫌な音がし、土手からオオッとどよめく声が振ってきた。

「や、やめれ、この馬鹿が、女を助けたくねえのか！」

男が声を枯らして叫んだ。

「姐さんは助けるが、おめえは沈める。もう一度行くぞ」

ガッと二度めの攻撃を受けかけて、男は右に寄り、そこへ滑ってきた船とぶつかりそうになった。

「何やってんだ、このトンチキ野郎が！」

と向こうの船から罵声が飛んだ。

「それ、左だ、ぼやぼやしてるとまたぶつかるぞ。左へ寄れ！」

弥助は声を荒げた。

左へ寄るのは、後続の船に、中央の流れの緩《ゆる》やかな淵《ふち》を譲るという合図である。弥助は男にそう叫ぶ一方で、後続の船に、協力してくれるよう、しきりに手で合図を送っていた。

『北海』が左へ寄ったところへ、後続の船を割り込ませ、いま自分が漕ぐこの舟と、羽交《はが》い締めにしようという算段だ。

だがすぐに滑ってきた船は、そんな意図を読み取る間もなく下って行ったが、その次の船はそれを理解したようだ。

『北海』の右側にやや大きな荷船が滑り込んで来て、少し前をぴったり寄り添うように進み始めた。

弥助の舟も、左側を同じように封じたから、『北海』は右と左から挟まれて、身動きとれなくなってしまっていた。

男は両側の舟に従うしかなかった。

弥助は、男の舟を牽制《けんせい》しつつ、手を振って後続の船に合図しながら、巧《たく》みに岸側の平瀬へと航路を変えて行く。

次の船着場が見えてくると、そこへ誘導し、無事『北海』を着けさせることが出来たのである。

土手を走って来た物見高い見物衆から、拍手が上がった。

助っ人になってくれた荷船の船頭は、船から成り行きを見届けると、頬被りしていた手拭いを振って、そのまま川を下って行く。

弥助は乗っ取り男を素早く縄で縛り上げ、船着場に下ろし、世話顔で手伝ってくれた地元の顔役に託した。

弥助に助けられて陸《おか》に上がったお愛は、真っ青な顔をしていたが、

「有難う、弥助さんのおかげで、ちっとも怖くなかった」

とあの鈴のような声で言い、にっこり笑った。

だが心地は良くないのだろう。ここで休憩せずに、このまま『北海』で両国まで帰ってほしいという。

ぶじ『北海』を取り戻した弥助は、追ってきた船頭に借り賃をつけて舟を返し、お愛を乗せてすぐに舟を漕ぎ出した。

三

後でお愛が篠屋にお礼を言いに来た。だが、

「あら、それくらいの芸当が出来なくちゃ、船頭とは言えませんよ」

とお廉は笑いつつ、謝礼は押し返した。

弥助にしても、自分の不注意から、あの美人局のような事件を招いてしまったと思っている。何と言われようと、謝礼を受け取れなかった。

お愛が、本格的に弥助の贔屓になったのは、この時からだった。

お客をよく廻してくれたし、自身のお忍びにも使ってくれた。

ほろ酔いで小舟に揺られている夜など、つい心を許してしまうようで、今まで聞いたこともない話がポロリと出ることもある。

ふと自分の生い立ちを口にしたのは、そんな時だった。

「あたしってよくよく、変な運の持ち主なんだねえ。昔は、拾われっ子だったのが、今度は売られそうになるなんて」

「拾われっ子とは……」

思わず弥助は訊いた。

「あたしは四つの時に、下谷から引っ越したって言ったでしょ。でも本当は少し違ってる。お父っつあんとおっ母さんに手を引かれて、両国の川開きに行って、それきり帰れなかったの」

「…………」

「それはもう大変な人出《ひとで》でね。おまけに花火があんまり綺麗だったから、夜空ばかり見上げてて。きっと魂がどこかへ飛んじゃったのね」

「……てえと、迷子ってわけで？」

「そう、お父っつあんと繋いでいた手が、いつの間にか離れちゃったの。それから二度と、その手に触れたことはない」

そう言う時だけは声が少し湿った。

江戸の町に迷子は珍しくはなかった。

〝迷子の迷子のヨシ坊やーい〟などと唱えながら土手を行く声が、たまに篠屋にも聞こえる夜がある。

神隠しと思われているせいか、そんな一団を見かけると、手を合わせて通り過ぎる人もいた。

花火の夜、お愛は親を呼びながら、半泣きで人混みを彷徨《さまよ》った。そのうち、涙で濡れたその小さな手を、スッと握ってくれる大きな手があったのだ。

それが日本橋矢ノ倉《やのくら》で口入屋《くちいれや》を営む、内田龍左右《うちだりゅうぞう》という者だった。

内田は、親の名も住所も言えずに泣きじゃくる迷い子を拾って、娘同様に育てたのである。

地元でも名のある顔役で、この子に〝拾いっ子〟の引け目を感じさせまいと、何ひとつ不自由させずに育て上げた。

そのことに、お愛は心から感謝しているようだった。

「今はもう、実の親の顔なんて忘れちゃったわ。四つの時に見た朝顔は覚えてても、親の顔は覚えちゃいないのよ」

　とお愛は他人事のようにサバサバ言って、笑った。江戸っ子気質を思わせるその言い方が、弥助の耳に心地よかった。

「本当はね、去年、入谷の朝顔市には行きたかったのよ。でも、せっかく忘れた親の顔を、今さら思い出したくないもの」

「探そうとはなさらんかったんで？」

　ゆっくり漕ぎながら、訊いた。

「まだ四つの子じゃ、内田も探しようがなかったでしょ。自分の名は言えても、名字や親の名は言えないもの。でも物心つくと、だんだん考えるようになったわね。こちらは探せなくても、親たちは、あたしを探したんじゃないかって。迷子の迷子の……って叫び歩けば、内田の耳には届いたんじゃないかって」

「…………」

「もしかして、あたしは親に捨てられたのかもしれない……そう思うこともあったわ」

（こんな可愛い人を捨てる親がいるもんか）

　弥助は内心そう思った。

その一方で、こんな何一つ欠けたところのない幸せそうな人にも、そんな過去があったのかと、驚いた。

「考えてみれば養父《ちち》は口入屋ですもん。この子を芸妓にしてくれ、と親から差し出されれば、相応のお足を払ったかもしれないね。でもそれは訊けない。養父が私を大事に育ててくれたのは、間違いないんだから」

言葉は辛辣《しんらつ》だが、やはりサバサバと笑う。

心のどこかで、何かを達観《たつかん》してるのだろう。

「その証拠に、子どものころからしっかり芸事を授けてくれた。半玉《はんぎょく》（芸妓見習い）にも出して、この世界で生きる術《すべ》を覚えさせてくれたんだもの。ただその辺の事情を、養父はいつもこう言ってた。女が独り立ちするためには芸を身につけるしかない、って」

「…………」

「その気持ちを、あたしは信じてる。だからいつかは家から出なくちゃいけないって、あたしはずっと思って生きてきたの。芸妓になったのは、二十歳の時だった」

「…………」

「あら、訊かないの？　どうしてそんなに遅くなったのって」

「あ、いや……」

弥助の頭に、質問など一つも浮かばなかったのだ。

「それはね、内田が芸妓にするのを躊躇《ためら》ったからなの。何か、抵抗があったのかもね。でもあたしは強制されたんじゃなくて、自分から芸妓になった。養父ももうトシだったし、それに……」

内田にはお愛の他に、ミヨという妹分の養女がいて、二人は義理の姉妹だったのだ。姉娘には、芸妓としての芸事をしっかり習得させたが、妹は純粋に娘として育てられていた。もし父に何かあれば、店を受け継ぐのは妹だ。

自分は独り立ちしなくちゃならない立場である。

そうした事情を考えての決心だった。

「それが出来るように育ててくれた内田に、あたしは、とても感謝してるの」

話し終えて、お愛は沈黙した。ギイギイと弥助の漕ぐ櫓の音だけが響き、闇の中を舟は静かに進んだ。

船頭として至福《しふく》の時間だった。

この時だけは、お客の命を手中にしているように感じられる。仮にこのまま冥界《めいかい》に連れ去ろうとすれば、出来ないことではないのだ。

四

柳橋界隈に、暑い夏が始まっていた。

神田川に掛かる柳橋が落とされたのは、この年の五月十五日である。おかげでこの地域に、彰義隊の残党が逃げ込んでくるようなことはなかった。

最も迷惑を蒙《こうむ》ったのは、対岸と簡単に行き来が出来なくなった花街である。戦が終わると、ほとんどの料亭はすぐに店を開き、新政府の要人たちが、江戸一番のこの花街に押し寄せたからだ。

評判高い柳橋芸妓らにも、ご指名がどんどんかかる。

多くの芸妓達は、川を挟んだ同朋町に住んでいたから、お呼びがかかればすぐにもカラコロと橋を渡って行ったものだ。

それが、舟を使うか、遠回りして少し上流の浅草橋を渡って行くしかない。当面、柳橋の船宿が舟を出し、対岸との行き来に一役かった。何《いず》れにせよ、神田川を上り下りする船は、何かと揉《も》め事が絶えなかった。

「錦布れのやることたァ、こういうことだ」

それが富五郎の口癖だった。

「自分らが遊ぶつもりなら、残しておきゃよかろうに」


そんな夏も終わりのある宵《よい》——。

弥助は深川の女郎屋『いすゞ屋』で、馴染みの女の部屋にいた。

二つ年上のお克《かつ》という、色白面長な美女で、弥助が柳橋で働くようになったころからの腐れ縁だった。

久しぶりに上がったこの夜も、まずは一杯呑んで床入《とこい》りし、ことを終えて布団に腹ばいになっていた。するとお克が火のついた煙管と盆を差し出し、団扇《うちわ》で微風を送りながら言ったのだ。

「あんた、どうかした?」

「え、何が……」

弥助は痛い腹を探られたようで、微《かす》かな動揺を覚えた。

お克は情の濃い気だてのいい女だが、勘《かん》の鋭いところがあって疑い深く、一人の男と長く続かないらしい。

その点、女に何を言われても、大概《たいがい》のことは柳に風と受け流す弥助とは相性《あいしょう》が良く、三年もの間続いたのだ。

「いえ、別にご大層《たいそう》なことじゃないけどさ、何だか今夜は上《うわ》の空みたいね……」

弥助は黙って煙草盆を引き寄せ、深く吸って吐き出した。

「それより飲み足りねえや。徳利二、三本まとめて頼む」

おもむろに言うと、ゴロリと仰向けになった。

たしかに弥助は、床の中でずっと考え事をしていたのである。
二、三日前のこと、御厩河岸《おうまやがし》までお客を運んだその帰り舟に、たまたま舟待ちをしていた二人連れを乗せた。
三味線を背負った年上の箱屋《はこや》と、若い芸妓だった。

これまでこの女を何度か乗せたことはあるが、例のごとく、挨拶の外に何も話したことはない。向こうも大抵は箱屋と一緒で、いつだって弥助を材木か何かと思うらしく、頭から無視して箱屋と喋っていた。

今夜は蔵前《くらまえ》の景気いいお客に呼ばれたらしく、酒も結構入っていて、ひどく機嫌がよく口も滑《なめ》らかだった。

舟に揺られ、涼しい川風に吹かれるうち、何やらお座敷で聞き込んで来た格好な噂話を、ポツポツと若い箱屋に聞かせ始めた。

漕ぎながら聞く気もなしに聞いていると、そのうちお愛らしい話が出たので、弥助は思わず耳をそば立てた。

「ほら、知ってるでしょ、内田屋のお姐さん。だけど、あの内田って人、実父じゃないんだって。実の親御さんは、下谷の方に住んでるって話よ」

「へえ、養女なんで？」

「いえ、幼いうちに迷子になって、内田に拾われたんだとか。話が出来すぎじゃない。そのホントの親御さんを知る人がいて、一度会ってみないかってお姐さんに持ちかけたんだそうね。向こうも会いたがってるからって」

「へえ、いつのことで？」

「最近の話よ」

「へえ？」

箱屋は腑《ふ》に落ちない声で言う。

「鈍《にぶ》いねえ、あんたは。ここだけの話、お姐さんは内田屋に売られたんだよ。そんな親を内田に内緒で会わすのは、謝礼金目当てに決まってるでしょ」

「へえ……で？」

「断ったって。〝お父っつあんは、内田しかいないから〟ってね。みんなその事に喝《かっ》采《さい》したってお話」

言下に答えた。

どうやら事情を知る人々は、柳橋芸妓に失われつつある〝江戸っ子〟の気っ風《きっぷ》を、お愛に見たのだろう。そんな逸話《いつわ》がこうして口伝《くちづ》てに広まり、密かな評判になったのだ。

弥助はこの話に深く心打たれた。

お愛は柔らかい言い方をしていたが、内心ではちゃんと受け止めていたのだ。拾われっ子と言うと柔らかいが、捨てられっ子でもある。

実は誰にも言ったことはないが、弥助自身、捨てられっ子だったのである。

それは幾つになっても忘れることもない。

佃島《つくだじま》で漁師をしていた父は、船の転覆《てんぷく》事故で死んだ。母は息子の弥助を連れて、昔いたことがある板橋宿《いたばししゅく》に戻った。

父と結婚する前、この町の小料理屋で、三味線を弾いて唄える女中だったそうで、再びその店に帰ったのだ。

十《とお》になる弥助は、お座敷がはねる時間、よく母を迎えに行った。裏口まで洩《も》れてくる母の声は、艶のあるいい声だった。

だがそのうち突然、母は姿を消してしまい、それきり現れることはなかった。母は店に借金をしていたため、弥助はこの店でしばらく働かされたのである。

だが知り合いから稼ぎのいい〝やん衆〟に誘われ、十七の時から蝦夷の海に出稼ぎに行くようになった。

借金は出稼ぎから帰るたび少しずつ返し、四、五回で返し終えた。

やん衆は、ニシン漁の盛んな冬場だけの季節労働者だったから、蝦夷から帰ると、次の時までこの店で働いたのだ、すべて払い終えて自由になったのは、二十二の時だった。

その夜——。

お克を抱きながらそんなことが甦ったのだ。自分とは全く違う境遇に育ち、今は一流の芸妓になっているお愛も、自分と同じ捨てられっ子だったと知って、胸が一杯になったのである。

惚《ほ》れたわけじゃない。お愛の気持ちが分かるのだ。お愛とはどんな話も出来ないと思っていたが、今は出来る。それが無性《むしょう》に嬉しかった。

「さあ、お前も呑めよ」

お克が持って来た徳利を手にして二、三杯あけて、やっとお克に盃を勧めた。

「あんた、今夜はなんだか疲れてるみたいね。ぐっと上がって、一寝入りなさいよ」

「いや、呑んだら帰る」

「あら、泊まらないの？」

「ん……」

「やっぱり。寄る所があるのね」

「そんなもんねえよ」

「だって……」

誰か想い人が出来たんじゃないか……というお克の言葉で、カッと頭に血が上った。

お愛は、想い人なんかじゃない。てめえなんぞの知らねえ世界のお人なんだ。

弥助は腰を浮かすや、櫓漕ぎで鍛えた大きな掌を大きく振り上げ、バシッとお克の頰をしたたかに張り飛ばしたのだ。

「きゃっ、何すんの！」

と叫んで逃げ出すお克の髷《まげ》を、背後から摑んで引きずった。

「お前さん、やめておくれ」

と叫ぶお克の胸ぐらを摑んで、さらに頰を殴った。

お克が憎かったわけではない。わけの分からぬどす黒い怒りが、胸の中で爆発したのである。だが、この女も、気に食わねえ。いつもいつも自分を悪い方へと押し流す何かがある。

いや、そんなこともどうでもいい、怒りが沸き立つままにただただ暴れたかった。

弥助は酒の膳を蹴り上げ、その勢いで襖をも蹴り倒した。ガシャン、ガタン……と何かが割れ、倒れる音が響いて、酒や煮物が辺りに飛び散った。

「誰か来ておくれ！」

お克は悲鳴を上げて、四つん這いで逃げ出した。

人殺しィ、誰か来て……と叫びながら、階段を降りかけたが、足を滑らせ、ドドドドッと大きな音を立てて転がり落ちて行く。

ワラワラと男たちの声が、階下に集まって来る。

（さあ、来るなら来い！）

弥助は荒海を見はるかすような高揚《こうよう》した気分で、踊り場に立ちはだかっていた。

五

翌日の午後、弥助はお廉に呼び出され、一枚の書き付けを突きつけられた。

「お前さん、これは本当なのかい？」

少し前に『いすゞ屋』の番頭がやって来て、弥助の狼藉《ろうぜき》を訴えて置いて行ったという。それは請求書であった。

番頭が言うには、本当は番所に突き出すところだが、殴られた当人のお克が泣いて詫びたため、穏便《おんびん》に済ますことにしたのだと。ついては、壊した家具や皿の弁償さえしてくれれば、大ごとにはしないと。

「……間違いねえす」

請求書を見もせずに、弥助は小声で呟いた。

「何があったんだい」

「悪酔いしちまったんで……」

「そんな言い訳が、このあたしに通ると思うかい。十九、二十歳の洟《はな》たれじゃあるまいし。お克さんとやらが中に立たなけりゃ、どうなってたか……」

立腹したおかみにさんざん言い募《つの》られ、弥助は土下座して詫びを入れた。何故あのような暴挙に及んだか、我ながらさっぱり分からないのである。

「普通ならお払い箱にしたいけど、正直、お互いもったいないじゃないか。人並み以上に腕が立つんで、お愛さんみたいなご贔屓さんが出来たんだよ。でももっと自分を大事にしないと、うちじゃやっていけないよ」

とりあえず弁償金は店が払って、毎月の給金から少しずつ差っ引くことにしたいと言う。

「すまねえ、おかみさん。ここに居させてもらえさえすりゃ、それだけであっしは有り難《がて》えんでして」

「……なら、くれぐれも心を入れ替えて励んでおくれよ」

とお廉は、いつもながら結論が早い。

怒るといつもガミガミと声高に言い募るが、夕立のように長引かない。

むしろ怒鳴ると、もろもろの思惑や打算が洗い流されるらしく、かえってスッキリと涼しい顔になった。

日中は暑かったが、夕方にはもう涼風が立ち始めていた。

それにしても……とそばで聞いていた綾は思う。

朝、お廉の元へ訪ねてきた『いすゞ屋』の番頭にお茶を運んで、大方の事情を知っている。

あの暴れ者の弥助が、お廉の言葉に涙ぐんでいたのが可笑《おか》しかった。弥助に一体何があったのだろう。

長くいい関係にあったらしい女に暴力を振るったのだから、痴話喧嘩《ちわげんか》だろうか。

（もしかして原因はお愛さん？）

との思いが頭を掠《かす》めたが、まさかとも思う。

ただ綾は、篠屋の二階から溢れてくる小唄を、暗い川岸でじっと聞いている弥助を見たことがある。唄はいつもお愛だった。

とは言ってもお愛の可憐さに触れて、好意を抱かない男はいないのだった。弥助がそうなったとしても別に不思議はない。

その騒ぎの少し前の七月十七日、江戸は『東京』と改称されていた。

だが着なれぬ着物を着たみたいで、江戸を東京、慶応を明治《めいじ》とはなかなか言い換えにくいのが実情だった。

おまけに〝東京〟の呼び方にも二通りあり、〝トウキョウ〟と〝トウケイ〟が、どちらにも統一されずに混在していた。

京をキョウと呼べば、いかにも西国臭《さいごくくさ》さがつきまとって、旧幕派や旧文人には不本意だったのだ。

「なぜ江戸が、〝東《ひがし》の京〟と呼ばれなきゃならん。東の都であって、京の亜流《ありゅう》ではない」

と江戸を、〝京〟に見立てたがる新政府に反発した。

意地でも〝トウケイ〟と呼び続けたい気持の裏には、旧幕府への追慕《ついぼ》があり、悔しさがあったろう。

いずれにせよ〝徳川の江戸〟は少しずつ遠ざかっていく。

早く〝新政府の首都〟に入れ替えようと、どこかで誰かが、着々と手綱《たづな》を引き寄せていく様が、目に見えるようだった。


そして九月からは、慶應四年が明治元年となったのだ。

明治の始まった日々は、すでに秋の気配に包まれていたが、夏を惜しむ余裕もなく、目まぐるしく時が過ぎていった。

暦《こよみ》が十月に変わって間もない時分、一つの噂が町に流れた。

土佐《とさ》の〝鯨酔侯〟が、東京入りしたというものだ。

正式には鯨海酔侯《げいかいすいこう》で、土佐の山内容堂《やまのうちようどう》公のこと。鯨が獲れるので知られる土佐藩二十四万石の大名で、大酒飲みの自身に自ら名付けた渾名《あだな》である。

ペリー来航から、勤王派が台頭《たいとう》するまでの激動時代、政治の中枢《ちゅうすう》にいて、徳川幕府を支えてきた。

だが明敏《めいびん》な容堂は、時とともに弱体化していく徳川幕府に見切りをつけ、文久《ぶんきゅう》三年（一八六三）、江戸を去って拠点を風雲の京に移した。

それからは薩長と足並みをそろえて混乱期を乗り切り、維新《いしん》を京で迎えたのである。

明治元年の十月初め、若い天皇に供奉《ぐぶ》して東京に戻り、鍛冶橋《かじばし》の土佐藩邸に入ったという。

天皇の江戸城への行幸《ぎょうこう》は、また大変な噂になった。

その長い行列は、見る者によっては、昔ほど壮麗《そうれい》ではないと嘆かれるようなものだったという。

隊伍《たいご》を整えて行進する兵士は以前の華麗な綾威《あやおど》しの鎧《よろい》を脱いで、洋風の軍服をまとっていたという。伝統的な衣装をまとって威風を放っていたのは、宮廷の貴族だけだった。

中でも黒漆《くろうるし》塗りの天皇の車、伝統の鳳輦《ほうれん》は見事なものだったと。

容堂公が帰られたという情報に、柳橋は色めきたった。

というのも豪奢《ごうしゃ》を好み、酒と女をこよなく愛したこの遊蕩《ゆうとう》な大名が、どこより贔屓にした花街が、新興の柳橋だったのだ。

柳橋の芸妓は、貧しい御家人や一般庶民の、素人娘が多かった。

そのせいか芸を売って、色を売らず、質素を旨として化粧は薄く、衣装も地味だった。だがお稽古ごとで習った芸をさらに磨き、達者な芸で客をもてなしたのである。

その性質は、媚《こ》びず、明るく、さっぱりした江戸っ子気質で、遊び慣れた西国の遊客には新鮮そのものだったらしい。

容堂はそうした素人娘を贔屓にし、柳橋中の芸妓を総上げする豪遊ぶりを見せるなどして、江戸っ子を驚かせた。

十人近い側室にも、柳橋の芸妓が何人もいたという。

篠屋の主人富五郎は、青年時代の、颯爽《さっそう》たる容堂を見かけたことがあるのが自慢だった。それによれば、

「長身にして容姿端麗《ようしたんれい》、白皙明眸《はくせきめいぼう》。……と言っても、ハハハ……お前らにゃよく分かるまい。なに、鯨海酔侯ぶっちゃけ、相当の色男だってことさ。役者にして、つっこ

ろばしの若旦那を演じさせたら、そりゃァ大受けだろうねえ」

ということになる。

六

この年の十一月下旬、江戸に大雪が降った。

翌朝には止《や》んで陽も差したが、屋根や庭木に積もった雪はなかなか解けず、一日中ふっくらとした綿帽子を被っていた。

そんな日の夕暮れ前——。

大川端の料亭『結城楼』の船着場に、雪見船とおぼしき中型の、障子の嵌《はま》った屋根船が着いた。降り立ったのは、山岡頭巾《やまおかずきん》で顔を隠した、様子のいい武家である。

庭内の河岸には、ここの女将と、柔らかい着物の着流しに羽織姿の幇間、それに裾模様の黒紋付という正装の芸妓らが、ずらりと並んで出迎えた。

容堂公の、五年ぶりの御成りだった。

「お帰りなさいまし」

「お待ち申してしておりました」

「ようこそ、お久しゅう……」
　などの黄色い声が一斉に飛び交う中、小人数の用人と警護を引き連れて、お足元に
お気をつけなさいまし……と繰り返す女将の後に付いていく。
雪の積もった庭には、奥座敷に続くコの字型の回廊があって、その入り口まで簀子《すのこ》
が敷き詰められていた。
容堂は昔から柳橋好きでも、柳橋ではなく、近くの両国の料亭に馴染んでいた。贔
屓の柳橋には、宿泊設備の整った料亭はほとんどないからである。公は、呑んで、ゆ
ったり家来らと夜語りするのを好んだ。
酔って桃源郷《とうげんきょう》に入ったのに泊まれず、藩邸の門限を気にして帰路を急ぐなど、こ
の人物には考えられなかった。生まれた時から土州山内家の若君で、やりたいように
気ままにやってきたのだ。
だが気に入りの芸妓は皆、柳橋から呼ぶ。
この日は、十人以上の芸妓が呼ばれており、店は華やいだ空気に包まれていた。お
愛もその一人だった。
「大したもんだねえ。今日の鯨酔様の宴会に呼ばれた姐さんたちは、十二人だってさ。

それはもう、豪勢な顔ぶれだってよ。お栄さんと、おたけさんと……」

と調理台に立って前掛けを締めながら、お孝が数え上げる。

料亭側は、土州公の御成りをどこにも公表しておらず、呼ばれる芸妓の名も秘密にしていたが、昨日あたりから柳橋の花街には、もうそんな情報が広がっていた。

お孝は、お廉に伝言を頼まれて、買い物の帰りに近くの検番に寄ってきたのだが、帰ってくるや、早速そんな情報を披露した。

「へえ、で、お愛さんは？」

横に並んで芋の皮剝きをする綾が、乗り出した。

「もちろん入ってますよ。誰が選んだか知らないけど……」

そんなお喋りに夢中になっていて、綾はハッとした。

雪の日は地上は歩きにくいせいか、昼過ぎから船頭たちは皆出払っていて、誰もいないと思っていたのだが、厨房の上がり框にポツンと座っている船頭がいた。

弥助だった。土瓶《どびん》に残っていた出がらしの番茶を啜りながら、聞くともなく聞いていたのだろう。

「あら、弥助さん、早かったね」

綾はすぐに、新しく煎じた番茶の土瓶を持って行き、空《から》になった茶碗に注いだ。弥助は神田川上流の和泉橋《いずみばし》まで、客を運んで帰ったはずだった。

「雪で水量が増えて、上りはきつかったんじゃない？」

「その代わり、下りは楽だったよ」

言って茶を飲み干すと、板の間から上がり、船頭部屋の方へ消えて行った。綾はなぜともなくお孝と顔を見合わせた。


弥助はその夜、早番だった。

七つ半（五時）に深川まで客を届けると、今日は上がりだ。

一人になった舟をゆっくりと漕いで川を上って行くと、左の岸壁《がんぺき》にそびえる『夕霧楼』一階の窓が見えた。

行きがけには、その灯りはあまり目立たなかったが、今見上げると、南端に並ぶ幾つかの窓にひときわ明るく燈が灯っていて、三味線の爪引きの混じるざわめきが、華やかにこぼれ出ている。夏の夜など、出窓に佇んで涼む芸妓の姿が見えたっけ。

容堂公の酒宴が繰り広げられているのは、この座敷だと確信していた。

弥助は、両国橋よりやや下流の岸に舟を寄せ、枯れた葦《あし》の茂みが続く潮溜まりに、『北海』を止めた。

ここからはやや近すぎるが、障子窓の向こうを行き交う人影が映ったし、爪引きの唄声が聞こえそうである。

弥助は寒さよけに手ぬぐいで頬被りをし、しばし舟に座って、見上げていた。まだ火種が残る客用の手炙《てあぶ》りに手をかざしたが、宵の口の川端はしんしんと冷え込んだ。川を渡る風は微風だが、氷を運んでくるようだ。

だがここから見上げる景色は、言いようもなく艶めかしく、自分も酔《よ》い痴《し》れた心地になるのだった。洩れてくる芸妓らの嬌声に、ふと耳をそばだてた。

あの艶やかな声を聴き分けようとする自分がいた。

そのうち座敷は急に静かになった。燈はそのまま煌々《こうこう》と灯っていたから、余興《よきょう》か何かの都合で、全員で別室に移ったのだろう。

ざわめきが聞こえなくなると、急に寒さが肌に迫る。

「ちッ、今夜はやけに冷えやがる」

弥助は舌打ちして両国橋の船着場に舟を繋いで、陸に上がった。

飛び込んだ先は広小路の行きつけの『瓢簞《ひょうたん》』で、顔馴染みの亭主は、顔を見るなり決まった銘柄《めいがら》の酒を取り出した。

ここで熱燗を何本もお代わりしつつ、しばらく呑んだ。

潮時をみて外に出たのは、ふとした思いつきからだった。そろそろお座敷が終わって、芸妓たちが出て来る時刻である。

柳橋芸妓の大半は、すぐ近くの同朋町に住んでいるから、帰りは通りを渡って左に折れていく。お愛も、最近は忙しくなったのか、平日は矢ノ倉の家を出て、同朋町にいると聞く。

弥助は、そんな帰り姿を見たかったのだ。

といっても、妙な考えからではない。容堂公の接待のため、十何人かの芸妓の一人に選ばれたお愛の姿を、見てみたいだけ。単純な思いつきに過ぎず、間違っても声をかける気などない。

しょせん住む世界が違うのだから。

(遠くで見るだけ。一目見たら帰ろう)

そう思い、おもむろに物陰に隠れて、夕霧楼の門を見張った。やがて芸妓達が、一団となってぞろぞろと出て来た。

一人に一人ずつ箱屋がついていて、寒そうに肩掛けを羽織った芸妓の裸足を、提灯で照らして先をいく。それが夜目にも白く見え、ゾクッとする光景だった。

一団は列をなし、口数も少なく通りを渡っていく。

だがいくら目を凝《こ》らしても、お愛らしき人影は見つからなかった。

お愛は帰ってこなかったのか。何かあったのか。

何かの用で店を出られないでいるのか。

あれこれ思いながら、なおもそこに佇んで様子を伺ったが、すでに庭は静けさを取り戻していた。

弥助はゆっくり桟橋に向かう。道の両側にはまだ雪が嵩高《かさ》く積まれていて、時折そんな残雪を踏むと、足の下が鋭くきしんだ。

月のない暗い夜で、犬の遠吠えがしきりに聞こえる。

弥助は暗い船着場に戻り、『北海』を漕ぎ出した。今ごろになって酔いが回ってきたのか、舟が揺れると胸の奥がモヤモヤと疼《うず》いた。

(お愛が帰らないとはどういうことか)

通り過ぎていく夕霧楼を見上げて、なおも思う。

後片付けも終わったのだろう。すでに障子窓は板戸が閉められ、隙間から漏れ出る明かりもない。

七

(あの奥にまだお愛はいるのか……)。

そんなあらぬ想像には耐えられなかった。

いや、もしかしたら、今夜は呼ばれなかったかもしれないではないか。

篠屋まではすぐだったが、舟はそのまま下流に向かっていく。いつもの場所には帰りたくなかったのだ。

何だか急に何もかも嫌になってしまい、全身から力が抜けたようだった。川風に晒されると、肌の温もりが奪い去られて行くが、それもどうでもよかった。

(このまま流されたら、どこまで行くのかな)

と思う自分は、酔っている。酔ったまま遠くに流されてしまえば、面倒なくていいと思った。

「弥助さんは神業《かみわざ》ね」

と言ったお愛のくりっとした目が浮かんだ。

お愛にそう言われれば、そんな気がした。お愛姐さんのことなら、自分はいつでも神業を発揮《はっき》して、あの人を守るのだ。

だがあの人が、あの楼閣の奥に奪われたら、自分にはどうすることもできない。おれは運の悪い、つまらぬ男だ。

このまま生きていても、何一つ思い通りにいかぬまま、歳を取っていくだけだ。自分を待つ人などどこにもいない。いっそこのまま流されればいいのだ。

そんな気分でいい加減に漕いでいると、途中で舟が動かなくなった。

闇に目をこらすと、生い茂る枯れた葦の中に、舟が突っ込んだようだった。さてどうしようか……。

疲れていて、ただただ眠く、このまま眠ってしまいたかった。枯れた葦がサワサワと音を立てる潮溜まりのどこかで、しきりに千鳥《ちどり》の鳴く声がした。

「……しっかりしろ、弥助！」

「起きろ、兄ィ、眠っちゃダメだ！」

そんな声が遠くに聞こえた。

誰かが自分の頬をビタビタと打ちながら、叫んでいる。

「眠るな、弥助、目を覚《さ》ませ！」

こんなことが以前もあったような気がした。

記憶が、遠い昔を駆け巡った。そう、あれは遠い蝦夷の海だった。凍《い》てつく紺青《こんじょう》の海に放り出され、気を失いかけたんだっけ……。

頬っぺたを打たれる痛みで、目が覚めた。

薄く目を開くと、闇の中に提灯の灯りが揺らいでいた。

ハッとして、目を開いた。

磯次の顔と、竜太の顔が交互に見えた。

「わしが見えるか、兄ィ、死ぬのはまだ早《はえ》エぞ」

「おっ、気がついたか、この馬鹿が！　こんな浅瀬で遭難たァ、どこがやん衆だよ、恥を知れ！」

怒鳴りながら磯次は打ち続け、弥助は黙って打たれ続けた。

この二人がここまで来たのは、綾の頼みによるものだった。

「弥助さんがこんな時間になっても帰らないの」

と磯次に訴えた。

今日は早番で、六つには帰ってくるはずなのに、もう四つ半（十一時）を回っていた。

「そこらをちょっと見て来てくれない？」

「なに、瓢簞あたりでくだ巻いてるだけだよ」

「ならいいんだけど、舟も戻ってないの。最近はちょっと変だから……」

綾は肩をすくめ、それとなく気になるそぶりをした。

すると磯次は何か思い当たったのか、遅番の竜太を誘って、舟を出したのだ。まずは両国の『瓢簞』に行ったところ、弥助は宵の口に立ち寄り、しばらく呑んで、五つ（八時）前後に出て行ったと聞いた。

「相当呑んだんで、酔ってたのは間違いねえですよ」

桟橋に行ってみたが、弥助の舟はなかった。これではどこへ行ったか見当もつかない。

磯次は思いついて、夕霧楼の門番小屋に顔を出してみた。

船着場を持つこの料亭には、船頭上がりの、顔見知りで親しく声をかける門番が何人かいる。

今夜は土州公《どしゅうこう》が宿泊とあれば、庭や周辺の川は、抜かりなく見張っていただろうと考えたのだ。

思った通り、その初老の門番は今夜の当直に当たっており、一回りして土間に掘られた囲炉裏《いろり》で、暖《だん》をとっていた。

「よお、磯さん、どうした」

と言う相手に、簡単に事情を話し、五つ前後にこの辺りでうちの舟を見かけなかったかと問うてみた。

「そういえば、そのころ、両国橋辺りから下っていく舟があったな。空舟で、何だかふらついていたようだった。わしは河岸にいたから、声もかけなかったんだが……」

そこで磯次は竜太と交代で漕ぎ、龕灯《がんどう》で河岸を照らしながら、漕ぎ下って来たのだった。


篠屋に連れ戻された弥助は、発熱して二日ほど寝込んだ。

体調が戻って職場に復帰した弥助は、乗せたお客から、柳橋中に広まっている噂を聞かされることになった。

「お愛さんは、かの土州公容堂に見染《みそ》められたそうだ」

と言うのである。

それには一つの面白い逸話があった。あの日、お座敷で一通り酒が回ってから、幇間が庭側の板戸と障子を開け放ち、座興《ざきょう》で一つの謎が仕掛けられたという。

何人もの女中が手燭《てしょく》で照らし出した庭には、真っ白な雪が積もっており、足跡一つついていない。

そこにやおら幇間が、自分の扇子《せんす》をできるだけ遠くへ放った。

「さあ誰か、あの扇子を足跡一つつけずに、取ってきてくださらんか。殿様がご褒美《ほうび》をくださるそうですぞ。さあ、どうです、柳橋一の美と芸を誇る、皆様がたよ、我こそはと挑戦なされよ！」

と賑《にぎ》やかに囃《はや》し立てたのだ。

大騒ぎになった。

芸妓たちは冬でも素足《すあし》である。早速着物の裾をまくり上げ、白い素足を雪につけ、その冷たさにキャアキャアと悲鳴を上げた。

その様を、容堂公はニヤニヤ笑って見ている。

皆は尻込みし、幇間だけが騒いでいた。

「さあさあ、どなたもおられんか、殿様を見返してはやらんので？」

その時、つと進み出たのが小柄なお愛だったと。

公の御前であるにもかかわらず、お愛はいきなり帯をスルスルと解き始めたのである。皆は息を呑んで見守った。

お愛は解いた絹帯を、扇子に向かってさっと雪の上に流した。

そして、細帯《ほそおび》一つになったしどけない黒紋付の裾と、赤い襦袢《じゅばん》をたくし上げ、真っ白な素足でその帯の上を軽やかに渡って行った。

ぶじ扇子を手にして戻ってきた時、その機転と度胸に、真っ先に拍手を送ったのは容堂公だったという。

あの夜、お愛が帰れなかったのは、殿様が放さなかったからである。

この話を聞いた日、弥助はまたしばし篠屋から姿を消した。

今度はもう誰も騒がなかったし、本人も夜にはちゃんと帰ってきた。

だが、どこへ行っていたかは誰にも言わなかった。

弥助は、向島のあの桜の美しい岸辺に北海を繋ぎ、河辺に座って長いこと空を見ていたのである。

お愛は、公の面前《めんぜん》で大胆にも解いた帯をするすると空に投げ、それを渡って、天空《てんくう》に昇って行ってしまったのだ。

だがそんなことは、初めから分かっていたことである。

葦の茂みで、千鳥が騒がしく鳴く夕べだった。

その翌年五月、お愛は正式に容堂公に身請けされた。

お愛は、その才気と持ち前の大らかな性格によって、十人以上も侍っていたという側室達を制し、容堂の最後の愛妾《あいしょう》となる。

新政府の要職を蹴って、大川河岸の橋場《はしば》別邸にこもった容堂は、それから五年後に四十四歳で没することになる。

お愛はその歳月をそばに寄り添い、公の最期を看取った。

第五話　夜明けの舟唄

海鳴り越えて　魚追う
おいらやん衆　命知らずよ
海鳥啼《な》けば　血が騒ぐ
綱引け網巻け　エイヤサーエイヤサー
やれ進め

明日はいずこか　渡り鳥
いつか帰らぬ日があれば
伝えておくれ　海鳥よ
彼方《かなた》の海に行ったとよ
まだ見ぬ海に行ったとな　ヤサエー

一

綾は舟に乗ろうとして、戸惑っていた。昨夜から吹き荒れる強風に、舟が上下してうまく乗れないのだ。

「大丈夫かよ、綾さん、ほれ……」

船頭の六平太が、何度も差し伸べてくれる手を摑もうとするが、うまく摑めない。

そんな時、綾はふと目を上げた。

朝陽に輝く神田川沿いの道を、騎馬が一騎駆けて来る。馬上の武士の陣羽織《じんばおり》の裾が、ハタハタなびくのが遠目にも見えた。

舟にはすでに主人の富五郎が乗っている。

早く乗らなくちゃと焦りながらも、綾は佇んでじっと見ていた。騎馬が、こちらに向かってくるように見えたのだ。

慶応四年五月二十日、上野戦争が終わって五日めの朝だった。

そばまで来ると武士は馬を止め、ひらりと降り立った。

乱れた鬢《びん》をそのままに、六尺豊かな巨大漢《おおおとこ》が、朝陽の中にヌッと立っている。

「あれっ、いらっしゃいまし！」

綾は慌てて一礼し、舟に向かって声をかけた。

「山岡《やまおか》様でございますよ！」

山岡鉄太郎《てつたろう》といえばつい最近まで、剣豪ぶりや酒豪ぶりで知られていたが、立場としては無役無名の下級旗本だった。その名が轟いていたのは、並外れた野人《やじん》ぶりのおかげだったのだ。

ところが今は、大目付という重職にあった。

この三月初め、前将軍慶喜公の命《めい》を受け、単身駿府《すんぷ》に赴いて、東征軍参謀の西郷隆盛に目通りし、江戸城無血開城の下工作に成功したのである。

昔から身なりや世間の風評にはまるで無頓着《むとんちゃく》で、〝ぼろ鉄〟などと陰で揶揄《やゆ》されても、一向に平気な人物だった。

だが一躍有名になり、あれよあれよという間に要職を頂戴してしまうと、ぼろ鉄では通らなくなったのだろう。つぎはぎの袴や小袖はいつか脱ぎ捨て、今日は黒い筒袖の上衣に、桔梗《ききょう》紋入りの同色の陣羽織、下は動きやすい乗馬袴、という小ざっぱりした出《い》で立ちだった。

おかげで綾は別人かと、少し面食らったのである。

富五郎が舟から飛び降りてきた。

「やっ、これは山岡様、今日はまた早いお出ましでございますな」

（しかし山岡様が、どうしてこんな時間に？）

にこやかな口とは裏腹に、そんな不審げな様子が隠せない。

篠屋に来る時は舟で帰るためだから、いつも夜中だった。すでに酔っている上に、さらに強い酒で仕上げ、普通なら立ち上がれなくなるところを、ごく当たり前に舟で神田川を帰っていくのだ。

「いや、ちと火急の用があってな」

挨拶もそこそこに、山岡はギョロリとした目で、舟で櫓を握っている六平太を見据えた。

「この風でも、舟を出せるのか？」

その剣幕に、六平太は咎められたと思い、その逞《たくま》しい肩をすくめた。

「あ、いえ、すぐそこまでなんでして」

「そこまで出せるのであれば、遠方《えんぽう》も出せるだろう」

「いや、そ、それは……」

「亭主、どうだろう、少し遠くまで出せんかな」

「はあ……」

富五郎は何ごとかと、返事を鈍らせた。

「何せこの風ですからな。行き先と時間によりますよ。ちなみに殿様は、どちらへお出かけなんで？」

「行くのはおれでない。行き先は横濱だ」

「横濱？」

と富五郎は首をすくめた。

「……てえと、野毛《のげ》ですかな」

戦争が終わってここ数日、傷病兵《しょうびょうへい》を乗せて川を下っていく病院船や、にわか仕立ての伝馬船《てんません》を、何艘となく見ていた。送られて行く先は、横濱野毛に開設されたばかりの政府軍の野戦病院で、『軍陣病院《ぐんじん》』と呼ばれていた。

「おお、さすがに亭主は分かりが早い。その通り、急患だ」

鉄太郎は声を和らげた。一刻も早く送りたいが、病院船は早朝に出たばかりで、戻ってくる来るのは夕方だ。

病者を乗せて向こうに着くと夜になってしまう。だが個別に乗せる小舟は、風が強くて出せないという。

「一刻を争う状態だが、おれとしては万策尽きた。だがもしかして篠屋は何とかならんかと、馬を飛ばして来たんだ」

「おお、それは恐縮でございます、しかし……。何とか致したくても、どうも横濱は遠うござんすなあ」

一瞬空を見上げて、富五郎は首を傾げた。

「篠屋は〝川の荒れる日は寝て暮らせ〟を是《ぜ》とし、天候とは戦わねえことにしておりますでのう」

「ほう、だが富五郎、あんたは今、舟で出かけるところじゃなかったか？」

「いや、なに、手前なんぞの命は安いもんでして。ただ、今日のような西風は何とかなると、うちの船頭が申すので……」

と周囲を見回して、

「ああ、こんな所じゃろくな話も出来ません。中に磯次がおりますで、お聞きなすってくだせえ。馬は、船頭に任してくだされ」

と六平太に馬の世話を命じ、綾には一旦引き上げるよう目で合図して、鉄太郎を篠屋の方へ導いた。

彰義隊を一掃した政府軍は、赤熊《しやぐま》や黒熊《こぐま》の毛をなびかせて江戸を出て行き、江戸は息を吹き返していた。

奥羽列藩《おううれっぱん》との戦いはすでに始まっており、江戸の人々は寄ると触るとその戦況を噂し合った。

今も篠屋の厨房では、船頭らが朝飯後の一服で、噂話に興《きよう》じているところだった。

そこへガラリと玄関の引き戸が開かれるや、大声で呼ばわる富五郎の声が響き渡った。

「おーい、磯次はおるか。お客様だぞ！」

磯次はすぐに茶碗を置き、立ち上がる。

ドシドシと足音高く玄関に飛び出してみると、主人と客が玄関の上がり框に腰を下ろし、何か話し込んでいた。

「おっ……山岡様」

うっかり〝鉄さん〟と言いそうになった。磯次がこの人物と会うのは深夜の泥酔時が多く、山岡様とは誰のことだ、鉄と呼べ……などと絡《から》まれるので、いつもついそう呼んでいたのだ。

「ご無事で何よりでござります」

「やあ、生きていたか……」

と互いにいつもの呼吸で挨拶したが、すぐに鉄太郎が立ち上がった。

「ついては磯次、今日これから、横濱まで出せるか？」

「えっ」

「小川町《おがわまち》の野戦病院に、容態《ようだい》が急変した者がおるのだ。何とか横濱に送り届けてやりてえんだが、この風で……」

と事情を簡単に話して聞かせた。

「ほう、銃でやられたんで？」

磯次はその場にしゃがんで言った。

「右脚に流れ弾が当たってな。十五日の総攻撃の日だ」

「するてえと、五日経って容態が急変したと？」

「そうだ。弾は貫通していて、致命傷ではないと言われていた。それで本人は横濱送りを、他の重患に譲っていたらしい。ところが今朝、おれが見舞いに行ってみると、どうも様子がおかしい。で、一刻も早く横濱で、最新の治療を受けさせてくれと掛け合ったんだが」

軍陣病院の院長は、最近とみに世評の高い、イギリス公使館付の官医ウイリアム・

ウイリスだった。外科手術に長《た》け、西欧最先端の医術を駆使して、敵味方なく多くの負傷者を救っていた。

「しかし、神田小川町の野戦病院にも、いい医者がおると聞きましたがの」

富五郎の言葉に、鉄太郎は頷いた。

「そう、腕っこきの蘭方医《らんぽうい》がおる。関寛斎《せきかんさい》といい、患者はむろんこの寛斎先生の治療を受け、命に別条はないと診断されていたのだ。ところが世の中、人知じゃ予想のつかぬことが起こるものでな。患者の傷口に、破傷風《はしょうふう》の毒素が入ったらしい」

「破傷風……」

その恐ろしい病名に、そばにいた皆は震え上がった。

破傷風は昔からある難病で、強直症《きょうちょくしょう》などとも呼ばれ、高熱を発し、全身が強《こわ》ばって痙攣《けいれん》して死に至ると言われている。

「この雨で、泥の中を駆け回ったんだろうの」

富五郎が深く眉を顰《しか》めた。

関東の土壌は火山灰に覆われていて、砂や粘土が多く、雨が降ると泥んこになりやすいといわれる。それに加え、上野界隈は地味《ちみ》が悪いと地元では言い伝えられており、富五郎もそのことは知っていた。

特に加賀《かが》屋敷がある湯島《ゆしま》の辺りは、昔から不審死が相次ぐので有名な所で、〝祟《たた》り〟によるものという風聞が、今でも根強く残っていたのである。

「土地のもんは破傷風を恐れておって、上野じゃ素足で泥濘《ぬかるみ》の中を歩くな、と戒めておった。この患者は、薩摩《さつま》っぽでしょうな」

「その通り。いや、実のところ、この者は薩摩も薩摩、よりによって西郷閣下の懐《ふところ》刀《がたな》だ。益満休之助《ますみつきゆうのすけ》の名に覚えはないか、篠屋にも来たことがあったと思うが？」

「ひえっ、あ、あの〝益休《ますきゆう》〟様ですか？」

富五郎が、鳥肌が立ったような声を上げた。

益満休之助の名は、今でこそ、江戸を攪乱《かくらん》させた御用盗《ごようとう》の首謀者《しゆぼうしや》として知られているが、もともと西郷直属の偵察方《ていさつがた》だったから、その名が一般に知られることはなかったのだ。

藩命で早くから江戸に出ていたため、江戸人より達者な江戸弁を操《あやつ》り、遊里《ゆうり》に通じた粋人《すいじん》でもあったから、誰も薩摩人と疑う者はいなかったと言われている。

だが鉄太郎とは、尊皇攘夷《そんのうじようい》を目指す〝虎尾《こび》の会〟の同志であり、飲み仲間でもあって、〝鉄さん〟〝休さん〟と呼び合う仲だったのだ。

この長いこと無冠の幕臣だった〝鉄さん〟が、江戸の命運を背負って駿府に赴《おもむ》き、敵将西郷と談判して江戸炎上の危機を救う……。そんな途方もない夢物語が現実に起こるとは、誰が予想しただろう。

本人としても、命と刺し違える覚悟と度胸がなければ、とても成就《じょうじゅ》できる話ではないと承知していた。

だがこの不可能を可能にした天の恵みの一つが、〝休さん〟の存在だったと、事が成った今、とみにそう思う鉄太郎である。

薩摩藩邸焼打ちの際、益満は御用盗の首魁《しゅかい》として捕らえられた。普通ならすぐに打首になるところ、勝海舟《かつかいしゅう》の慧眼に止まって助けられ、幽閉《ゆうへい》の身となっていたのだ。

それを薄々知っていた鉄太郎は、この密命が下った時、海舟に事情を打ち明け、〝休さん〟の身柄を自分に預けてくれるよう頼んで、許された。

危険な敵陣を抜けて行く時、先に立って露払《つゆはら》いをしたこの薩摩人の存在は、何にも勝《まさ》る百人力だった。

西郷に面会するための口添えも、抜かりなかった。

〝もしも益満がいなければ〟、そう思うだけで心胆《しんたん》寒くなる。あの成功は、天の配剤だった、と鉄太郎は肝《きも》に命じている。

「この病は、益満にとって春雷《しゅんらい》みたいものだ。天の気まぐれだ。死なすわけにはいかんぞ」

そんな鉄太郎の強い思いが、ひしひしと富五郎に伝わった。

「そういうことですか……であれば、舟を出さんわけにはいかん」

と独り言のように呟いた時、また軒端《のきば》に風が唸《うな》った。

「はい、うちの連中はそんじょそこらの船頭とはわけが違うでな。磯次はどう思う？　そもそも、品川から向こうは大丈夫か？　その病院へは行けるのか？」

「病院はまだ新しいんで行ったこたァねえですが、大体の見当はつきますよ。仮に東海道で行くとすれば、神奈川宿で左へ入った辺りの、丘の上にある」

舟なら、神奈川湊《みなと》まで下り、あとは岸に沿って横濱村の方へ進めば、右手に小高い丘があった。

病院は、横濱湾を見下ろすその頂上にある。

「しかし場所が分かっても……」

磯次は思いついたように、庭下駄を突っかけて開け放した玄関戸の外に出た。しばらくじっと雲の流れを眺めていたが、戻って来て、冷静に言った。

「この西風は、もうすぐどこかへ行っちまう。というのも、この季節特有の南風が吹き出してるんで。南風が、この風が押し上げて、西風を追い払うので。しかし、まあ強風じゃないが、向かい風にはなる。それを受けて小舟で横濱は……ちと遠いのではと……」

その説明に皆が脱力して沈黙したところへ、綾が盆に茶の入った茶碗を二つ乗せて出て来た。

知らぬ間に弥助も座に加わっていて、磯次と何か天候の話をしている。

鉄太郎は喉の渇きに初めて気が付いたように、再び上がり框に腰を下ろし、ガブリと茶を啜った。

二

総攻撃をやめさせるため、上野の戦が始まる前日まで、山岡鉄太郎は雨に濡れる上野の山を、馬で駆け回っていた。

それは勝海舟の命《めい》でもあったが、どう考えてもこれほど無益で、無意味な戦はないと思うからだ。彰《まさ》義隊二、三千に対し、大村益次郎率いる新政府軍は一万五千。武器弾薬も圧倒的に勝っている。

まともにぶつかれば、多くの命が失われるだけの話だ。

何としても事前に止めさせたい。そのためには、寛永寺住職〝輪王寺宮公現法親《こうげんほうしん》王《のう》〟の黒幕と言われる、覚王院義観《かくおういんぎかん》を説得する必要があったのだ。

「この無益な戦で、前途ある若者の命を無駄にしないよう、彰義隊を解散させて頂きたい」

と理《り》を分けて頼み続けたが、受け入れられなかった。

また彰義隊の本部にも乗り込み、早く山を降りるよう説いた。だが耳を傾けるどころか、〝官軍の犬〟の汚名を着せられただけだった。

前日には、官軍の攻撃計画を知らされた。

湯島明神《ゆしまみょうじん》から、最大の激戦地となるであろう黒門口正面辺りまでが、薩摩藩の担当になっていた。

不忍池畔辺りを肥後兵《ひごへい》が。根津《ねづ》、谷中《やなか》方面から上野へかけては、長州《ちょうしゅう》、肥前《びぜん》、筑《ちく》後《ご》などが、側面から攻撃をかける。上野から東北へ向かう三河島《みかわしま》方面は、わざと開けておく……。

作戦の立案者大村益次郎からそんな説明を受けた西郷は、絵図を見せられ、しばらくじっと見つめてから、こう言ったという。

「どうやら、薩州兵を皆殺しにするおつもりですな」

すると扇子をパチリパチリ鳴らして、しばらく無言で天井を見上げていた大村は、やがて頷いて言った。

「さようです」

西郷はそれに何とも反論せず、その図面を黙って手にして席を立った。薩摩に大きな犠牲を強《し》いるこの作戦を、了承したのである。

この話は、すぐにも鉄太郎の耳に届いていた。

何《いず》れにしても、無駄なことだった。せめて市街戦にだけはならぬよう、西郷の指揮に、鉄太郎は期待していた。上野山から戦火が広がらぬようくれぐれも進言したが、その前夜は不安で眠れなかった。

十五日未明、官軍の各藩兵は、大下馬下《おおげばした》（二重橋前《にじゅうばし》）に集合し、各持ち場へ向けて進軍を開始したのである。

夜が明けると大砲が鳴り響いて、砲撃の火蓋《ひぶた》は切られた。

最初は彰義隊が優勢だったが、午後になって佐賀藩の二門のアームストロング砲が火を噴き、その激音が聞こえ始めて勝敗は決した。この砲の威力を知る鍋島公は、これを同胞に向けるのを渋ったほどという。

間もなく、戦闘はほぼ終わりかけているという情報を偵察方から得て、鉄太郎は馬で小石川の家を出た。

雨の中、上野の方面には黒い煙が濛々《もうもう》とくすぶっていて、近づくにつれて炎が見えてくる。

周辺を見回るまでもなく、官軍方の圧勝だった。

上野の状況をもっと正確に知りたいと思い、湯島の切通し坂を馬で下って行くと、官兵が負傷者を乗せた戸板を次々と運んでいる。

官軍方にも、多くの死傷者が出ていたのである。

途中で兵に様子を訊いてみると、湯島明神の境内《けいだい》に、応急の治療所が設《しつら》えられているという。

そのまま下るうち、すれ違う若い官兵らが増え、その独特の薩摩弁が、渦のように耳に響いてくる。

その中から、刀のように耳に突き刺さった言葉があった。

「益休さんが撃たれたげな」

それを耳にして鉄太郎は凍りつき、思わず馬上から、その会話に加わったのである。

「おい、今〝益休さん〟と言ったな？　それは、斥候《せっこう》の益満休之助のことか？」

相手は驚いたように立ち止まり、昼過ぎに益満がこの界隈を偵察していて、流れ弾に当たったようだと説明した。

「生きてるのか、死んだのか？」

　馬から飛び下りて迫った。

「あ、いや、それは……。ともかく湯島明神に運ばれたげな、あちらで訊いてみてはどげんな」

　すぐに馬を近場に繋いで、長い階段を駆け上がった。

　雨で濡れ、人でごった返す境内を奥へ進んだ。

　亡骸《なきがら》は本堂に安置されているようだったが、傷病兵は、境内に幾つか並ぶ急拵《ごしら》えの仮病舎に収容されているらしい。

　最も大きい小屋の入り口に一歩入ると、治療を待つ負傷者の呻きや、泣き声や、負傷者を探してその名を呼ぶ声などが聞こえてくる。

　受付にいた若い看護人に益満の名を出すと、

「ああ、益満どんは、ほれ、あちらじゃっどん」

　と室内を見回して奥を指差した。

「容態はどうなのか」

「ええ……、今のところ命に別状あいもはんが」

（良かった！）

目の眩《くら》むほどの安堵に、へたり込みそうになった。何者かに感謝したい気持が一杯になり、有難い……と胸の中で思ったつもりが口にも出していた。

「今入ってもいいのかな？」

「あ、それは、うーん、出来ればそれは遠慮して頂きたい。つい先ほどまで苦しんでたげのう」

今は麻酔が効いてきたようで眠っているから、と聞いて鉄太郎は笑顔になって、大きく頷いた。

「分かった、有難う。ではこれで帰ることにするが、目が覚めたら、山岡が来たと言ってくれよ」

「分かりもした、伝えます」

と相手は頷いた。

たぶん夜には、神田小川町の野戦病院に移されるから、明日は、あちらで見舞ってやってほしいと付け加えた。

小川町の病院は、元講武所《こうぶしょ》の跡に建てられたものである。講武所へは、教える立場としてよく通ったから、勝手はよく分かっている。

翌十六日朝――。

鉄太郎は、野戦病院に出向いて行った。

すでに朝の治療は終えたようで、益満は落ち着きを見せており、いつもの剽《ひょう》げた笑《え》みを浮かべて鉄太郎を迎えた。だがさすがに顔色はどす黒く、頬がこけたように凹《くぼ》んで見えた。

「鉄さん、昨夜も来てくれたんだってな。不死身と思ってたが、わしもとうとうこのザマじゃ」

と副木《そえぎ》を当てて包帯に巻かれ、器具で吊るされている右足を指差して、益満は苦笑した。

「生きているだけで有難いと思え」

「だけどどうも生きてる気がせん。一度は死んだ身だからかな」

幕軍に捕らわれて打首になるところを、勝海舟に助けられ、鉄太郎によって釈放されたことを言っている。

今回も死線を彷徨った後、また生き返った幸運を、未だ信じられないのかもしれない。

「おかげでまた鉄さんの顔が見られて嬉しいよ。しかし、痛《いて》えなあ、生きてるのは」

「ははは、タダじゃ不死身は買えんさ。ま、泣き言は言わずに、ここは少し我慢するんだな」

鉄太郎はそう励まし、相手が素直に頷くのを見て嬉しかった。

見舞いの帰りに、この病院内で出会った顔見知りの薩摩藩士から、少し前後の話を聞いてみた。

益満は偵察方であり、非戦闘員だったから、

「お前には別の任務があるんじゃっで、今日は出んでよか」

と西郷に言われていたという。

だが当人は周辺地域の斥候を申し出て、隊とは別れて飛び出して行き、切通し坂の近くで被弾《ひだん》したらしい。

西郷はたいそう心配し、最高の治療を授けさせるよう医師に指示した。

当然、横濱行きを勧められたが、本人は自分のことを〝軽症者〟と考えていたのだろう。後から次々に運ばれてくる重傷者に、その権利を譲っていたようだとその藩士は言った。

その後、鉄太郎は雑用で忙しく、見舞に行く余裕がなかった。

この二十日の朝、たまたま時間が空いたので、小川町の病院まで小石川から馬で出

かけたのである。

ところが患者は前の場所にはおらず、訊いてみると特別治療室に移されていた。看護人の話によると、大して目立つ症状ではなかったらしい。

だが昨夜から微熱が出ていて不眠を訴え、ひどく汗をかいていた。今朝は朝食のお粥《かゆ》を呑み込めず、食欲がない。

その程度だったが、先ほど寛斎先生が診て、原因不明の筋肉硬直の症状が出ているのを知って、顔色を変えて隔離《かくり》したという。

「関寛斎先生はいずれにおられるか？」

鉄太郎は、さらに詳しく訊こうとした。

だが関寛斎医師は、その後、外出しているという。

寛斎は、佐倉順天堂《さくらじゅんてんどう》で学んだ開明的な蘭学者《らんがくしゃ》で、のちに長崎で、松本良順《まつもとりょうじゅん》らとオランダ人医師ポンペに師事し、西洋医学を修める。その後、徳島藩蜂須賀家《とくしまはんはちすかけ》の御殿《ごてん》医《い》となった。

新政府はいま茨城の平潟《ひらかた》に、応急に〝奥羽出張病院〟を設営中だが、西郷や大村益次郎はその頭取に寛斎医師を見込んでおり、医療設備の相談などが何かと持ち込まれるらしい。

今は総督を含め、本隊は江戸を出て奥羽に向かっているという。

鉄太郎は、関寛斎の御使番《おつかいばん》をつとめる半田《はんだ》という若い医師に会って、改めて益満の容態を問うてみた。

「はい、本人はしっかりして話も出来ますが、微熱がありますんで」

「ちょっと話せるかな」

「いや、それが症状に障《さわ》る可能性もありますんで。はい、はっきり申し上げて関先生は、別の病いを疑ってはるようで……」

と半田医師は眉を顰めて、語尾を濁した。薩摩人ではないらしく、軽く上方《かみがた》の訛《なま》りがあった。

「別の病いとは？」

「熱の出具合や発作からみて、破傷風の初期症状に似ていると」

破傷風とは……。一瞬、言葉を失った。

厄介《やっかい》な病である。今になってどうしてこういうことになるのかと、胸の中で不安や疑問が渦まいた。

「どういう病いかよく知らんが、その治療をもう始めておるのか？」

強い視線を相手に注いだ。

「むろん、毒は銃創《じゅうそう》から入ったと考えられるから、汚染された傷口の消毒等は徹底してますが……。しかし、この病いはまだ治療法が分かっておらんのです」

「であれば、即刻、横濱へ送るべきじゃないのか。素人判断だが、一刻も早い手術が必要と思うが？」

つい声が強まった。

「その通りです。ただ……」

傷病兵の輸送に使っていた大型の病院船は、奥羽の方へ従軍してしまい、今は一艘しか残されていないという。

それはいま横濱にいて、夕方、回復に向かった負傷兵を積んで戻ってくる。そしてここで新たな病者を乗せ、またとんぼ帰りで横濱へ向かう。

その時を、今は待っているのだと。

「それでは遅すぎる！　輸送舟はそれしかないわけじゃなかろう。別の舟を仕立て、即刻横濱へ向かう手立てはないのか」

「小型の舟の用意はありますが、この強風で今日は出せへんと……」

目の前が真っ暗になった。たしかに今日は風が強い。だが夕方まで安閑《あんかん》と待っていていいものか。

「総督は、この益満については、最高の治療をせよと言い残されたと聞いておる。寛斎先生はその辺をどう考えておいでか」

「破傷風は、安静を第一とする病いでして。荒れた川を小舟で行くなど、患部を刺激して、逆に病いを悪化させてしまうのではないかと……」

鉄太郎は、相手の端正な秀才顔に、優秀ではあるが、現実問題にはまるで融通のきかぬ才子《さいし》の顔を見て苛立った。

江戸の戦がやっと一段落したこの期《ご》に及び、破傷風などという伏兵が待ち構えていようとは。

この戦が、ただの戦では終わらぬ嫌な予感が、初めからあったように思う。もっと人を破滅させるような、宿命的とも思える不吉なものが、どこかに隠れ潜んでいそうな気がしてならなかった。

だからあれだけ反対したのだと、今にして思いあたる。

益満の負傷を耳にした時は、ゾッとした。上野に立ち込めたあくまで戦を望む怨念めいた執念が、前線にいた益満の体を借り、凶々《まがまが》しいものを呼び起こしたような気がしたのである。

だが致命傷ではないと聞いて、思い過ごしだったと安堵《あんど》したのに。

何としても、一刻も早く先端の手術を受けさせなければならぬ。

我がことのように気が急《せ》いたが、万事休すかと思ったその時になって、ふと閃《ひらめ》いた。

神田川下流にある、あの船宿篠屋である。

あそこの船頭は、向こう気が強く、喧嘩っ早《ぱや》いという悪評があるが、反面、櫓を握れば豪腕揃いだと評判も高かった。

ついこの前の桜の季節も、客ごと舟を盗まれた篠屋の船頭が、別の舟を乗っ取って追いかけ、水上で奪い返したとかいう、荒々しい武勇伝《ぶゆうでん》を伝え聞いている。

鉄太郎自身も酔っ払って、何度も舟で神田川を送ってもらったが、その時はいつだって、雨でも風でも、安心して寝ていられたではないか。懐具合が良くない時でさえ何とかしてくれるのだ。

あそこに頼めば、何とかなるかもしれぬ。そう思った鉄太郎はすぐにも身を翻し、馬で篠屋に向かったのである。

三

だが話は、なかなかまとまらなかった。

風は何とかなるという。神田川では西風は追い風であり、大川に出る頃合いには西風は弱まって、南風に変わると。

しかし小舟では時間がかかりすぎ、逆に病気を悪化させやしないか、というのが船頭らの言い分だった。

例えば、二、三人用の屋根舟を使い、磯次と弥助が交代で櫓を漕ぐとする。下りでは、舟は飛ぶように進むはずだが、それも品川までだ。そこを過ぎて海に漕ぎ出すと、櫓漕ぎの速力は急に落ちる。おまけに風はその辺りから向かい風に変わる

品川から横濱までは、かなりの距離がある。そこを、水流や、風の助けなしに進めば、一刻半（三時間）はかかるのではないか。

仮に全体で二刻半（五時間）かかるのであれば、宵には出発する病院船を待った方が、病人のためにいいのではないか。

そんな意見が支配的で、四人は目を見合わせ口を噤《つぐ》んだ。

江戸湾には様々な船が動いている。蒸気船の他に、多くの荷を運ぶ弁財船《べんざいせん》、帆を張って川に強い高瀬船《たかせぶね》、小回りのきく伝馬船、七丁の櫓を使って速力を出す押送船《おしおくりぶね》……。今すぐ考えられるのは、屋根船か、伝馬船ぐらいだろう。

だが長い沈黙があって、腕組みをしていた磯次がふと言ったのだ。

「二丁櫓《にちょうろ》というのはどうですかね」

磯次の船頭仲間に、舟の改造に凝っている者がいて、二丁の櫓を取り付けた小型の伝馬舟を作って、長距離の客に使っているという。船尾のとも櫓の他に、船べりに脇《わき》櫓《ろ》を取り付けている。

一度乗って、櫓を使わせてもらったところ、たしかに速度はかなり出た。だがその反面、慣れないとひどく難しい。二人の呼吸が合って、両櫓《りょうろ》に均等に力が入らないと、左右に揺れたり、ぐるぐる回ったりするという。

「それに、屋根はあるのかい」

と富五郎が乗り出した。

「固定の屋根はねえすけど、取り付け可能の雨除けや日除けが、準備されています。遠距離の客には、あれがあれば楽ですから」

屋根は葦の葉で編んだ苫《とま》で作られていて、取り外しが簡単である。

「借りられるのか？」

「たぶん大丈夫でさ。何せこんな戦の時だ、遠距離のお客はないと思いますよ」

「どうだ磯次、この弥ん衆と組んでみねえか。二人とも、〝並みの船頭〟じゃねえんだ。この二丁櫓を、使いこなせねえはずなかろう」

「さあ、どうですかね。しかし、これはやるっきゃねえでしょう」

と磯次は冗談めかして、弥助を見た。

「どうだ、弥ん衆、やるか？」

「あっしは人に頼まれて、断ったことがねえ男だ」

と弥助は頷いた。

「いいぞ、そうこなくちゃ」

「話が決まりゃ、両国のその船頭の家まで、ひとっ走《ぱし》りして来まっさ」

磯次が言って立ち上がると、待て……と鉄太郎が止めた。

「これは何としても借りてほしい。揉めたりしねえよう、これで話を決めて来てくれ」

と懐から、紙に包んだ金を出して渡した。一両だった。

「さて、おれは寛斎先生をつかまえて、説得しなけりゃならん」

鉄太郎は一刻も早く小川町に戻ることになった。

その時である。

「あの、お待ちくださいませ……」

と声があり、皆が驚いて振り返ると、廊下の奥で話を聞いていたらしい綾が、急ぎ足で出て来たのだ。綾はいきなり上がり框に手をつき、鉄太郎と富五郎に頭を下げた。

「お願いがございます。益満様の舟に、この綾も乗せて頂けませんでしょうか？」

「ええっ」

上がり框にいた富五郎が、度肝《どぎも》を抜かれたように綾を見た。考えたこともなかったのだ。

「おいおい、桜見物に行くんじゃねえんだよ」

「はい、足手まといとは重々承知してはおりますが、舟は揺れましょう。特に重患であれば、身近に介護人がいなければ辛いこともあろうかと……」

「舟は揺れるもんだ。お前さんこそ危ねえよ。あんたを介護する者が、もう一人必要になるのがオチだ」

「いえ、舟には少しばかり自信がございます」

背筋を伸ばして顔を上げた綾は、いつもとは少し違って、引かなかった。

「ご存じのように私、上野の診療所で手伝いをしていたことがございまして、そこで破傷風の患者を見たのです。光が顔に少しあたっても、とても苦しそうでした。毒は傷口から奥へどんどん広がって……、とても怖かったです。私には何も出来ませんけど、少しでも安静に病院に届けるよう、お手伝いさせてください。益満様は、何度か篠屋にも来て頂いた、大事なお客様じゃありませんか」

「……………」

鉄太郎は、そばに立って黙って聞いている。

その様子を窺い見て、富五郎は不安だった。実のところ、綾を付き添わせたほうがいいのでは、とにわかに気がついたのだ。

しかし鉄太郎もまた、綾の話を聞くまでは、付き添いのことなど考えもしていなかった。元気だったあの益満が、こうなるなどとは信じられず、あれこれのことが走馬灯《そうまとう》のように頭をよぎった。

いつだったかの、こんな出来事を思い出していた。益満が品川遊郭を奢ってくれることになったが、その時こう注文した。

「品川手前の芝口（新橋）までは、安い駕籠で来てくれ。そこで待ち合わせ、初音屋《はつねや》の高級駕籠に乗り換えて遊郭まで乗りつけよう。駕籠一つで、待遇がだいぶ変わるんだよ」

ただ遊ぶのにも、そんな剽げた知恵を巡らせる益満という男が、鉄太郎は大好きだった。

（まさか瀕死《ひんし》の負傷者があのお方だなんて！）

と、綾もまた、強い衝撃を受けていたのである。

いつぞや閻魔堂《えんまどう》が、益満を篠屋に連れて来たことがあった。

普段はお波が酌女をつとめるのだが、その夜は混んでいて綾が駆り出され、初めてその客に酌をした。派手な着物を着た、悪戯《いたずら》っぽい笑顔を見せる人だったが、概《がい》して寡黙《かもく》で、聞き役に回っていた。

わざと軽さや道化を装っているように感じられ、そこはかとなく抱いた好感が、今も胸に生きている。

蔵前《くらまえ》まで行った帰り、大道芸人の芸をぽかんと見ていて、掏摸《すり》になけなしの財布を持っていかれるところ、助けてもらったこともある。

だんだん、この人物が西郷の密偵で、御用盗という薩摩の暴力組織の冷酷な親玉らしいと、その正体が分かってきた。

だが綾には今も、胸に静けさを湛《たた》えた誠実な男の影が沈んでいる。

今日、もし鉄太郎の突然の来訪がなければ、富五郎の舟に便乗させてもらって蔵前に行っていた。おかげで災難にあえぐ益満のそばを、何も知らずに通り過ぎていただろう。これも何かの縁なのだ。

もう一つ気になることがある。

日ごろ何があっても泰然自若《たいぜんじじゃく》の鉄太郎が、今日ばかりは異様に目を光らせ、心ここにあらずに見えていた。その患者はもしかしたら死の瀬戸際にいるのでは、とそれとなく綾は察していた。

そしてその名を知った時、もう一つの恐怖に襲われたのである。

おそらく益満は、閻魔堂の消息を知る数少ない一人だろう。

その者がいなくなるということは、兄と繋がっている最後の細い糸が、プツンと切れてしまうことを意味する。

何としても生き延びてもらいたいと思った。いや、たとえ不運にも閻魔堂の消息は知らなくても、一言でも話をしたいと願った。

「よし……そこまでは分かったが、狭い舟だ。お前さんが乗れなければ、どうすればいい？」

そんな富五郎の錆《さ》びた声が聞こえて、ハッと気がついた。

そうだ、もう一人介護の者が乗ることへの了解を、富五郎はこの大目付から得たかったのだろう。これは新政府のための仕事なのだ。

「私がもし乗らなくても、気をつけて頂きたいのは次のことです」

と咄嗟《とっさ》に考えをまとめた。

「船室は暗くして換気を良くし、病人を落ち着かせること。それと、病人は担架に括《くく》ったまま乗せると思うけど、舟が揺れても楽なように、周囲に布団や座布団を詰めた方がいいでしょう」

「うむ、いらぬ座布団や布団は、蔵にたくさん放り込んである。磯次、若い者に運ばせて、舟に積んで行け」

「分かりやした。ただ……、介護人として綾さんにも乗ってもらった方が良くねえですか」

と磯次があっさり言った。

するとと弥助が同調して頷いた。

「途中で何かあったら、わしらじゃどうもなんねえよ」

二人の言葉に、鉄太郎は我を取り戻して頷いた。

「うむ、介護人はやはり必要だろう。旦那、綾さんを借りてもいいか？」

「へえ。お任せ致しますよ」

富五郎は、チラと綾を見て言った。

「よし、これで決まりだ。頼んだぞ。おれはこれから病院に戻って寛斎先生を摑まえる。ただそれを待ってちゃ遅くなるから、磯次、話がついたら準備をし、舟を小川町へ回しておけ。そこで風待ちだ」

きびきびと指示を与えた。と、鉄太郎は馬に一鞭当てて、走り去った。

それを見送って磯次は出かけて行き、残った三人は、その場で打ち合わせた。

綾は、病人を乗せた舟が川を下って来るまで、この篠屋の船着場で待つことになった。

それから部屋に戻って、藍色の作務衣《さむえ》でしっかり身支度をし、日ごろから薬種問屋から買い揃えてある薬を、抽斗《ひきだし》から出した。

綾にとって、乗り物酔いに効くのは〝柴苓湯《さいれいとう》〟と〝硫黄《いおう》〟である。

柴苓湯は、吐き気止めによく効く。

また硫黄は、紙でくるんで臍《へそ》に貼っておく。子どものころ、舟や駕籠に乗る時、祖母がよくそうしてくれたのだ。父は笑っていたが、綾はよく効くように感じ、今も実行している。

消毒液に浸した何枚もの手拭いや、飲み水や、人数分のお茶や握り飯までも忘れずに準備した。

綾は舟を降りてからも〝軍陣病院〟まで付き添い、病人を預け、出来れば診察の結果を聞いて帰るつもりでいた。益満の生死を賭けたこの機に、ウイリアム・ウイリスという世界的な名医に、面会しないでなるものか、とまで考えていたのだ。

舟が下って来たのは、四つ半(十一時)近くだった。

小型伝馬舟のとも櫓を磯次が、脇櫓を弥助が漕いでいて、まっすぐに滑ってきた。

四

舟は柳橋で綾を拾うと、弥助の一丁櫓となって飛ぶように下った。

この船着場では、番頭の甚八が、品川から先の水先案内を申し出た。だがそれは、磯次に任すことになったのだ。

晴れた空には大きな雲が動いていて、北へ向かって急いでいく。うねる川面に、五月も半ばすぎの陽が眩しく輝き、収まりつつある風が、肌に心地よく感じられた。

舟の中央には、苫屋根が低く掛けられていた。

その下で、担架に括り付けられた病者が、局所麻酔と軽い入眠剤で処置されて静かに眠っている。

磯次が、聞いてきた話によると——。

鉄太郎は無事に関寛斎と会うことが出来、万一の場合の通行証と、ウイリアム・ウイリスへの紹介状を取り付けて来た。

寛斎自身、手術が遅くなるのを案じ、自らあちこちに舟を掛け合ったらしい。しかし横濱までの所要時間の長さや、強風の揺れを考え合わせると、少し待っても病院船が安全という結論に至ったという。

「しかし安全が保証されるのであれば、横濱行きは早い方が良い」

と認めたと。手術の技術も、手術に使う道具類や薬も、横濱の方がはるかに進んでいたのである。

さらに野毛浦で〝傷病者受付所〟に渡す書類に急患と指定し、ウイリス医師宛ての手紙も書いてくれた。受付所は、界隈の弁天社内に設けられているという。

ちなみにこの関寛斎は、敵方の負傷者には冷酷な新政府軍に対し、病人に敵も味方もないという態度を貫いてきた医師である。

患者は薬でよく眠っていた。

ただ、舟の揺れで途中で目を覚ますかもしれないが、その時は、混乱しないよう静かに事情を話して安心させるよう、伝言されたという。

川風や潮風の刺激から肌を守るため、その頭部と顔を手拭いで頭巾のように覆っており、外気に晒されているのは閉じた目だけである。

綾は、周囲を座布団で固定された病人の足元に座り、病人と外の風景を同時に視野に入れつつ、軽い揺れに身を任せていた。

品川が近くなると、風に海の匂いが混じり、沖に停泊する大型の官船や外国船が増えてくる。それらを横に見つつ舟は進んだ。

三田《みた》の、薩摩屋敷があった辺りの沿岸を通る時は、思わず身を乗り出した。手相見の〝閻魔堂〟のことが思い出されたのだ。

去年暮れの焼討ち事件の時は、沖に泊っていた薩摩船に逃げ込んだようだが、それはこの辺の海上だろう。

その後の消息は不明だったが、今年、雛《ひな》の節句も終わり細かい雨が葉桜を散らすころ、閻魔堂から突然便りが届いた。

「本所菊川に加古川佐内《かこがわさない》という医者がいるから、一度会ってみてはどうか」と。

佐内は父・大石直兵衛《おおいしなおべえ》の弟子だったことがあり、兄の消息を知っているかもしれぬという。すぐに連絡を取って訪ねたが、兄の消息を聞き出すには至らなかった。

閻魔堂がどこにいるかも不明である。

だがともすれば絶望してしまう兄探しを、閻魔堂の存在が励ましてくれた。益満なら知っているその消息を、何とか聴き出したかった。

品川でいったん岸に舟をつなぎ、三人は舟の見える所で一服し、それぞれ体調を整えた。病人はまだ目を覚ましていなかった。

ここからは二丁櫓になり、神奈川宿まで陸に上がらずに、一気に行ってしまうという。船頭は汗をかくからよく水を呑むが、水分補給の時も、櫓を止めない。

磯次がとも櫓を、弥助が脇櫓を握った。

えい……ほう……、えい……ほう……。

代わる代わるにかけ合う声が、櫓の音に混じって響き、風に飛ばされていく。舟は思いがけないほど速く進んだ。

速力があるだけに思ったほど揺れず、多めに柴玲散を飲んだおかげもあって、綾は酔いは感じなかった。

品川から先へ舟で行くのは初めてで、緊張したせいもあったろう。

開国のころ沖に築かれたお台場《だいば》や、陸地のこんもりした緑の御殿山《ごてんやま》、鈴ケ森《すずがもり》刑場《けいじょう》の黒々した森……等々を、いずれも綾には珍しく、言葉もなく見入った。

多摩川《たまがわ》河口の、六郷《ろくごう》の渡しを過ぎてからだったろうか。

はるかに続く海岸沿いの松並木を眺めている時、強い視線を感じて、ハッと病人を見やった。病人が目を覚ましていた。

じっと綾を見つめている、細く見開いた目に初めて気づいたのだ。

「あっ、気がつかれましたか」

綾は声を弾ませて乗り出した。

「今、どこにいるか分かります？」

だが病人は何とも言わず、目を瞬《またた》いて、陽を遮る天井の苫《さえぎ》を見やった。

周囲の櫓の音や、軽い絶え間ない揺れから、自分の置かれた場を察していたのだろう。

ふと眉が動き、遠くを見る目つきになった。

「今、舟の上ですよ。あなた様は、横濱の病院に向かっています。病院に着けばもう大丈夫、イギリスの偉い先生が治してくださいます。すべて、山岡様の計らいでございます」

と綾は言い、病人を安心させようとした。

だが目を見開いた病人の視線は、屋根を突き抜け、彼方の天空を見てでもいるように、心ここに在らずの感じだった。

この病人はつい数日前までは、西郷総督の懐刀として、最前線で活躍していた俊《しゅん》英《えい》なのだ。此の期に及んで、自分の立場を正確に理解しないわけはないだろう。

(病状は重く、もしかしたらこれは二度と還らぬ旅かもしれぬ)

と直感していたとしても不思議はない。今はたぶん、誰とも共有できぬ深い孤独の中にいるのだ。

そう悟って、綾は沈黙した。

「……ああ、鉄さんか」

ようやく平常に戻ったのか、遅れてそんな言葉を発した。

「はい、船着場を発《た》つ時、見送ってくださったそうですよ」

最初は船着場で、介護人が益満を運び込むのを見ていたが、舟がスイ……と漕ぎ出すと、土手に駆け上がって少し追走したという。

「舟が見えなくなるまで見送られたのでしょう。ああ、申し遅れましたが、私は介護役を仰せつかった、女中の綾でございます」

と名乗った。

覚えていてくれてもくれなくてもいい、と思ったのである。

すると〝鉄さん〟を思い出していたらしい病人の顔が、ふと華やぎ、その目元に微《かす》かな笑みが浮かんだのである。

「綾さん……閻魔堂に連れてってもらった時の？」

「はい、そうでございます。閻魔堂さんとご一緒のあの時の、女中でございます」

　覚えていてくれたと思うと、思いがけなくも胸が高鳴った。

　熱いものがこみ上げる。そう、あなた様はあの時、少し派手な着物を召されて、楽しそうに笑っておられましたね。

思い出にもっと浸っていたかったが、綾には今こそ聞かなくてはならぬことがある。いつ病状が変化するか分からぬ中で、今しかないと気が焦った。

「そういえば閻魔堂さんは、あの事件の後、どうされましたか？」

「ああ、閻魔堂ね、あの人は無事ではないが……」

生きている……と言いかけて、何か思い出したのだろう。こちらへ半身を向けようと身動きした時、うーん、と苛立った声をあげた。

自分が担架に拘束されて動けないことに、初めて気づいたらしい。

「これを取ってくれ」

と言わんばかりに、手拭いで覆われた頭を大きく動かした。それを見て、綾は慌てて乗り出し、頭巾を取った。

病人は目を閉じて、下顎の辺りを硬直させていた。苛立って、悪い影響が出たのだろう、強張《こわば》りの発作が起きたのだ。

綾は腰を浮かし、思い切って病人の口中《こうちゅう》に、寿司用の小さな杓文字《しゃもじ》を差し込んだ。こういう事もあろうかと、台所から持ってきたものだ。

以前上野の病院で、破傷風の治療に立ち会った時、介護の者が、そうしていたのを覚えていた。顎を硬直させ口を閉じてしまうと、開かせるのが大変で、水や薬を与えられなくなるからだ。

「大丈夫、大丈夫……」

と綾は頭をさすり頬をさすって、励まし続けた。

「もう少しの辛抱ですから。どうか大きく空気を吸って、ハアッと大きく吐き出してください。いい空気をうんと吸い込み、悪い空気を吐き出せば、気分が良くなります」

(病人は不安で、孤独なのだ)

と痛いほどに思った。拘束された状態で、不安にならぬ者はいないだろう。だが綾の繰り返す〝大丈夫〟に安心したのか、病人は従順になった。言われた通り大きく呼吸することで、強張りがだんだんほどけていく。綾は、消毒水に浸してきた手拭いを絞って、病人の顔の汗を静かに拭った。

その時、病人が何か言ったようだったが、声は聞こえない。

「すまない……」

その口の形からそう言ったように判断したが、病人は力を出しきったようで、そのまま眠りに引き込まれていった。

そっと手拭いを元通りに被せてホッと座り直すと、外で櫓を漕ぐ磯次から、ねぎらいの言葉がかかった。

「綾さん、もうすぐだよ」

「ああ、ここはどの辺ですか？」

岸に目をやっても、綾にはどこがどこやら分からない。

「東海道でいえば、日本橋、品川、川崎、神奈川と来るだろう。とうに多摩川の六郷の渡しを過ぎて、神奈川に近づいてる」

「有難う。思ったより早いのね」

「夢中になってれば、そう感じるもんだ」

そうかもしれなかった。

だが閻魔堂について、最後まで聴けなかったのが悔しかった。〝無事ではないけど、生きている〟とはどういう意味だろう。

五

船が混み合う神奈川湊を避け、少し手前の鶴見川河口の船着場で、いったん舟を降りる。

ここで綾は病人の様子を改め、磯次は煙草に火をつけて一服した。皆は思いおもいに態勢を整えて、再び出発する。

やがて目の前に広がるのは、いよいよ横濱湾である。

正面左に見える小高い丘陵《きゅうりょう》を指し、

「あれが野毛山だよ」

と磯次が説明した。

「あの下の野毛浦まで、これから一気に進むぞ。なに、半刻はかからんと思う」

湾に入って行くと、周囲に行き交う船が急に多くなった。

まず目を丸くするのは、この湾の南側に停泊する十数隻の大型船で、いずれも異国の旗を翻しているのだ。

神奈川湊の対岸に位置する野毛浦や、横濱村方面には、渡し船が頻繁《ひんぱん》に通っており、さまざまな身なりの忙しげな老若男女が、ぎっしりと乗っていた。

艀舟《はしけ》や、帆を張った高瀬舟、弁財船、荷を積んだ平べったい荷船などが縦横《じゅうおう》に行き交う中を、磯次は巧みな櫓漕ぎで縫い、湾を横切って、野毛浦に向かっていく。

近づくにつれ、その景色の美しさに息を呑んだ。

右手に新緑に包まれた丘陵が野毛山。南から流れ下る大岡川《おおおかがわ》を挟んで、左側に彎《わん》曲《きょく》して広がるのが横濱村だろう。密密と連なる家々の甍《いらか》に、午後の陽が眩しくきらめいていた。

野毛山と横濱村を分けているこの大岡川の河口は、入海《いりうみ》になっている。そこへ緑深い鎮守《ちんじゅ》の森が、横濱側からせり出していた。

それが古《いにし》えから横濱の海を守ってきた弁天社《べんてんしゃ》だった。州干島《しゅうかんじま》という地名により、州干神社とも呼ばれる。

負傷者受付所はここにある。

まずはそこの船着場に向かって漕ぎ進み、船着場に着いたが、辺りは思ったより閑散としていて、野戦病院への入り口とはとても思えない。

磯次が弁天社まで様子を見に行くことになり、舟を下りて石段を上がっていったが、やがて戻って来た時は、荷馬車に乗って、手を振っていた。

「負傷者受付所は別の場所に移ったそうだ」

つい最近のことだという。

東北から運ばれる負傷者の数が増えて、野毛山の軍陣病院だけではこなしきれなくなったようだ。病院として新たに活用されたのは、野毛山下の演習場だった〝太田陣屋《おおたじんや》〟。お雇い外人のフランス人将校が、旧幕軍に最新式の軍事教練をした場所だ。

だがまだ弁天社に運ばれる患者が絶えないため、当面は、急患に限り手続きと運搬の労をとっているという。

「今、この馬車が上から帰って来たところでね。一人でも運んでくれるそうだよ」

磯次が言うのを聞いてホッとした。

それは怪我人を運ぶ荷馬車で、陽を遮るように、簡単な天蓋《てんがい》がついている。綾は有り難く、病院の職員でもあるらしい馬丁《ばてい》に頭を下げた。

だがここで難題が生じた。ここから先は、付き添いは遠慮してほしいというのである。

「何せ、上は混雑してるんでね。上に着けば介抱人がいるから、心配はねえすよ」

馬丁は頬被りを取り、日焼けした顔を拭きながら言った。

「それは困ります！」

綾は声を荒げて、懐から紹介状を取り出した。

「これを直接、先生に手渡すよう言われております」

「しかし、先生は手術が立て込んでいなすって、会うのは無理だね。わしが介抱人に渡しておきますよ」

「いえ、少々待っても構いません。診断を伺って、報告することになっていますので。用が済んだらすぐに帰りますから、ここは何とか頼みます」

と帯の間から幾ばくかの金を出して紙に包み、相手に押し付けた。

馬丁は困ったような顔はしたが、受け取った。


病人は眠っているらしく、静かなまま担架で馬車に運び込まれた。磯次と弥助は、神奈川宿まで戻って待つことになった。

綾が診断を聴いて帰るというので、帰りの時間が分からないからだ。

神奈川宿には、磯次が古くから付き合いのある大きな船宿があった。そこの老主人は、磯次の古い先輩だった。

今でもたまに横濱まで客を運んで来る時は、その親爺《おやじ》と一服《いっぷく》しながら喋り、船頭部屋で仮眠させてもらうのが、ささやかな楽しみでもある。

その船宿が渡し船を出しているため、帰りは野毛浦から乗れば、船宿の前まできっちり運んでくれるという。

山上までは、橋を渡って野毛の町を抜け、四半刻ほどだったろうか。

切通しを通っての道は新緑が美しく、潮風が吹き抜ける大気に、ところどころで甘い花の香りがした。

「苦しくないですか」

などと綾は、眠れる人に、時折話しかけるのを忘れない。

〝軍陣病院〟と書かれた正面玄関に、荷馬車が横付けすると、白衣の若者が数人飛び出して来た。中の一人が馬丁から書類を受け取り、綾について説明を聞くや、たちまち四人で担架を中へ運び入れた。

後を追って中へ踏み込んで、綾は度肝《どぎも》を抜かれた。

そこは天井の高い広いホールで、出入り口や窓は開け放たれていたが蒸し暑かった。

消毒液や薬の匂いに、生々しい血の匂いが混じったような、異様な臭いが鼻をつく。

何と大勢の人が忙しげに動き回っていることか。

話し声に外国語が混じり、靴や草履《ぞうり》の足音が入り乱れ、そこへ呻き声や、叫び声が混じる。それらが得体の知れぬ騒音となって、天井に渦巻いているのだ。

関東一円の重傷者がここへ集められていると思うと、眩暈《めまい》がした。

白衣の若者はおそらく研修医《みならい》だろう。担架の病人の上に、名を記した紙の札を無造作に置くや、

「少しここで待っててください」

と綾に言って、どこか消えてしまった。

見渡すと、ホールには担架で運び込まれた負傷者が、そのまま台の上に乗せられて並んでいる。その数は二十人を越えるだろう。

どこかから名を呼ばれると、すぐにどこかへ運ばれ、そこに出来た隙間に、別の道から運び込まれた担架が、はめ込まれていく。

運ばれた先で洗浄され、診察され、その診断に従って、治療室に回される者、手術室に連れていかれる者に別れていくのだろう。

医師は英国人と日本人を含めて六、七人はいると聞いていた。

だがなかなか名が呼ばれず、綾は不安だった。

「もうすぐですからね」

などと眠れる病人には言うが、綾自身、忘れられたかと心細くなってくる。

奥から白い看護服の者が出て来て誰かの名を叫んだのは、半刻ほどしてからだろう。だが騒音で伝わらないため、キョロキョロしているうち、その目が綾に止まったのだ。

その人はこちらへ向かって歩いてくる。

あの人が、馬丁が言っていた介抱人のことか？

それには驚かされた。介抱人は、五十は過ぎていそうだが、がっちりした日本人女性だったのだ。医療従事者に、女性がいる？

そんなことは日本ではあり得なかった。

綾も医院で働いたことはあったが、あくまで下働きであり、雑用係にすぎなだった。だがその人はちゃんと白い医療帽を被り、着物の上に、白い医療着を羽織っている。

この英国式病院では、介護のために女性を雇っていて、一般に介抱女と呼ばれていたのだ。それもウイリス医師の試みだろうか？

「あなたは付き添いですね」

胸に、〝恩地《おんち》〟という名札をつけた女性介抱人は言った。

「はい、関寛斎先生から頼まれました」

「患者さんはまずは先生《ドクター》の診察があります。その先はどうなるか分からないので、ご用件はここで私が承ります」

と恩地介抱人は素っ気《そけ》なく言い、病人の上に置かれた名札と、手にした書類を事務的に付け合わせた。

「でも、診断を直接伺ってくるよう言われておりますので」

「ここは野戦病院なんですよ。ウイリス先生は、一日に二百人近い患者を診ておられるので、個人的な面会は遠慮して頂いているのです」

恩地介抱人は、眼鏡の奥の細い目を上げて、綾を見た。

感情を見せない浅黒い顔の中で、その目だけが光っていた。どうやら綾の個人的な申し出を快く思っていないようだが、それきり何とも言わず、病人の拘束を解き始めた。おそらくこれからの洗浄と診察のため、すこし早めに、ことを進めておこうと思ったのだろう。

だが突然その時、恩地介抱人は小さな叫び声を上げたのである。

それまで静かにしていた病人が、腕の拘束を解かれたからだろうか。急に身動きして、介抱人の腕を捉えたのだ。

介抱人は驚いて振り払おうとした。だが病人は助けを求めるように、縋《すが》り付くように手を絡ませ、ひゃっくりを起こした時に似た荒い激しい息をし始めた。

「あれェ、誰か来てください！」

慣れていないのか、恩地介抱人は怯えたように奥に向かって叫んだ。

「誰かァ……」

すぐには誰も来ないため、介抱人はそこを離れることが出来ず、叫んでいる。そばで見ていて綾は直感した。

（病人は痙攣《けいれん》が起こって、呼吸困難に陥っている）

「あの、ちょっといいでしょうか」

綾はとっさにそう断って、進み出た。

相手が救われたように頷くのを見るや、胸にしまっていた手拭いを額に巻き、苦しむ病人に立ち向かった。その体を覆っていた薄い掻巻《かいまき》を胸まで剝ぐと、胸の真ん中の胸骨《きょうこつ》の下辺りに両手を重ねた。

手首の辺りを使い、一、二、三……と声に出しながら、強く押すのである。

この方法を上野の病院で、何度も見たことがあった。

病人が呼吸困難に陥《おちい》った時、医師は腕まくりをして、いつもこうして空気を送り込んだ。確か〝胸骨圧迫〟と言ったのを覚えている。

今、痙攣が起こったのは、悪い空気が内臓のどこかに淀《よど》んで刺激したからだろう。

硬直を鎮めるためには、こうして新しい空気を送り込むしかない。

全身の重みを両手首に託し、覆い被さるようにして夢中で押した。

……七、八、九と数えながら、そばに立って呆然と見ている女性介抱人に、途中で思わず声をかけた。

「早く、どなたか先生を呼んでください！」

相手が気がついたように駆け出した時、知らせを聞いた日本人医師が、こちらに駆けつけて来るのが見えた。

六

「大丈夫ですか！」

その声を聞いて、綾は我に返り、ふっと力を緩《ゆる》めた。

夢中になっていて気づかなかったが、ヒックヒック……という荒い呼吸は和《やわ》らいでいて、病人は静かな呼吸を始めていた。綾も額に汗が滲んでいたが、病人も苦しかったのだろう、汗びっしょりだった。

若い医師は素早く綾に入れ替わり、病人の口を何かでこじ開け、喉の具合を調べた。

「ああ、大丈夫」

という声に安堵した。綾はずっと持ち歩いている手提《てさ》げから消毒した手拭を出し、目を閉じたままの病人の額を拭いた。荒い呼吸が静まって見えた。

「さあ皆で、あちらに運んでくれ」

医師が、そばに駆けつけ取り囲んでいる研修医らに呼びかけると、担架はあっという間に、治療室の方へ運ばれて行く。

あら……と綾はその後を恨めしく見送った。せっかく気がついたのだから、少し話したかった。

そこへ先ほどの医師が近づいて来て、軽く会釈した。

「よくやってくれました。病院関係の方ですか?」

「いえ、ただの付き添いですが、前に見たことがございまして……」

「しかし胸骨圧迫など、とっさには出来ないことだ」

この手際《てぎわ》のいい有能そうな医師に褒められことが、例えようもなく嬉しかった。だが恥ずかしかった。実のところ、古い記憶を辿っての見様見真似なのだ。どれだけ患者のためになったかは、定かではない。

綾は、話を変えることにした。

「あの、病人は治療室から、ここにまた戻ってきますか？　私、ウイリス先生の診断を伺ってから、帰りたいのです」

「あ、そうなんですか」

相手は少し驚いたように濃い眉を上げ、綾を見た。それは出来ないと、ここまでくる間に言われていたはずだからだ。

「先生に話してみましょう、とりあえずあちらへどうぞ……」

と独り言のように呟き、詳しくは聞かずに、先に立って歩き出した。白衣の似合う長身で、胸に〝杉田《すぎた》〟という名札を下げている。

案内されたのは、廊下の奥の、洋茶（紅茶）の香りと葉巻の匂いが染みついた静かな部屋だった。

壁に沿って、軟らかい大きな長椅子（ソファ）があり、前の台《テーブル》には煙草盆や灰皿があり、たぶん職員らの休憩室だろう。殺風景な病院の中では、珍しく人のぬくもりが感じられる部屋だった。

「自分は、ちょっと様子を見てきます。手術になれば時間がかかりますから……。ま、ここに座って待っててくれますか」

杉田医師は長い指で長椅子をさして言い、出て行った。

椅子に腰を下ろし、綾は改めて周囲を見回してみる。

壁には、英国人らしい立派な髭の男の写真が、額縁入りで架かっている。隅には、大きな黒い板（後に〝黒板〟と呼ばれ普及する）が架かっていて、日程表が白い炭（白墨《はくぼく》）で書かれていた。

窓からは裏庭が見え、西陽が差している池の周りに、紫色の鮮やかな菖蒲《しょうぶ》が群生していた。

杉田医師はなかなか戻ってこず、綾は立って行き、少し窓を開けてみる。湿り気のあるひんやりした空気が流れ込んで、心地良かった。

満開の美しい菖蒲を見ていると、二度めの休憩をした鶴見川近くの船着場にも、菖蒲が見事に咲いていたのが甦った。

あの休憩を終えて舟が漕ぎ出した時、病人が目をさましたのが、不意に思い出されたのである。

「あら、気がつかれましたか、何か呑みますか？」

と問うと、いや……と首を振り、

「さっきのことを思い出していた」

と遠くを見ながら言った。さっきのこととは、初めて目を覚ました時のことだろう。

「あの時、夢を見てたんだよ。夢の中でもおれは重傷で、溺死《できし》寸前で海から引き上げられた。すると耳元で、大勢の声が聞こえたんだ」

〝死んでるぞ〟〝ほっとけ〟〝流してしまえ〟

舟中の益満は、人々がそう囁き合う中で、息を吹き返したのだという。

そのざわめきは妄想だったのだろうが、自分は生き返ってはいけないんだと思い、再び目を閉じたという。

するとその時、〝起きろ〟〝眠るな〟と叱る声がした。

「それが、鉄さんの声だった」

そういえば、益満が初めて発した言葉は、〝鉄さんか〟だったっけ。

あの時から何度か瞬間的に目を覚ましたが、その度《たび》に、その鉄さんの声が頭に反響したという。話し終えると安心したのか、いつの間にかまた、眠りに引き込まれていったのだ。

綾は首を振って、窓から離れた。

病人は静かに、定められた自分の道を辿って行くのだろう。余分に心配しても、どの道、人間はなるようにしかならないのだ。

気分転換に腕を組んで、壁にかかった肖像画や絵を見ていった。

遠くにまた荷馬車が入ってくる音がし、建物が揺れるようだった。綾はゆっくりと見て行き、最後に隅の黒板に目を留めた。その三分の一を占めているのは職員の日程表らしい。

その表は黄色い色で書かれた枠組みの中に、白い炭で、名前が書き込まれている。どうやら当直の日程表である。

全体に横書きで、英語で書かれた横文字の名前や、掠《かす》れて消えかかった日本語の名前が連なる。ざっと見てみると、書かれた日付は古く、四月のままだった。

たぶん忙しさにかまけ、消し忘れたまま、この日程表は使われなくなってしまったのだろう。

暇に任せて、何となく消え残っている名前を見ていった。

小島静之助《こじましずのすけ》、山形金次郎《やまがたきんじろう》、金田公良《かねだきみよし》、安中忠義《やすなかただよし》、ジェームス何某《なにがし》……と読んでいって、ふと目を止めた。

大石幸太郎《おおいしこうたろう》……。何気なく読んでそこを通り過ぎ、再び戻った。

「大石幸太郎って？」

ザワっと胸が震えた。まさか……。

同姓同名だろう。ありふれた名前である。

だが綾はそこに縛り付けられたように動けず、気の早い夕暮れが部屋の隅に立ちこめる中に、立ち尽くした。

その筆跡に、何となく見覚えがあったのだ。

筆跡などとうに忘れてしまったと思っていたが、そのどこか角ばりながらも、丁寧に線を伸ばした伸びやかな字に、思いがけない懐かしさが甦ったのである。

まるで突然、兄幸太郎に出逢ったような気がした。

(兄上……？)

(どうして兄上がここに？)

頭の中をその問いだけがぐるぐる回った。

外の廊下を走って来る足音が聞こえ、ギクリと体を強張らせると、足音は遠ざかっていく。まるで見てはいけないものを見たような、奇妙な感じだった。

やがてトントンと扉を叩く音がして、扉が開いた。

「お待たせしました」

と顔を出したのは、先ほどの杉田医師だった。

「ウイリス先生は今診察中ですが、もうすぐ終わります。あちらで待って頂いた方が早いでしょう」

この医師が、自分の裁量で、ウイリス先生に会わせてくれようとしているのだろう。

はい、とすぐ扉の方に歩みかけたが、立ち止まり、杉田先生……と震える声で呼びかけた。

「すみません、一つ伺っていいですか？」

「はい、何でしょう？」

「ここに書かれているこの名前の方は、どんな方ですか？」

「え？」

杉田は怪訝《けげん》そうに戻ってきて、綾の指差す字を見た。

「ああ、大石先生ね。この方は確かウイリス先生の古いお弟子じゃなかったかな」

「お幾つくらいですか？」

「うーん、たぶん三十四、五でしょうね。実は私は最近ここに来たばかりで、あまりよくは知らんのです。大石先生は、入れ違いにいなくなられたんで。……ご存知なんで？」

「ええ、ちょっと……」

綾は思わず涙ぐんで頭を下げ、それ以上何も言えなかった。

遠くで、杉田先生……と探す声がしている。杉田医師は綾を促し、先に立って部屋を出る。その後に小走りに従いながら、綾はさらに問うた。

「いなくなられたって、どこへ行ったんですか?」

「ええと、たしか鹿児島じゃなかったか……。いや、何せここは野戦病院でしょう。赴任して来たとたんに、どっと負傷兵が送り込まれて来て、ゆっくり話を聞いてないんですよ。もし必要なら、少し落ち着いてから、お知らせしますよ」

言って杉田医師は一つの扉の前に立ち、この中で待つよう言い残し、自分は急ぎ足で、呼び声の方へ引き返して行った。

七

ウイリアム・ウイリス医師は、消毒液で手を洗いながら、深く考え込んでいた。あの患者に、手術をするべきか否か……。

隣室に付き添いの者が、診断を聞かせてほしいと待っているそうだが、はて、どう答えたものか。

「真実を言いにくければ、ドクターを煩《わずら》わせず、自分がその付き添いの女性に診断を伝えますが」

と杉田医師は言ってくれている。

しかし、自分との面会をさんざん断られながらも、ここまでやって来たというその女性に、ふと会ってみる気になったのだ。

考え事をする時の癖で、濡れた手をなおも白い布で入念に拭きつつ、医師はゆっくり扉の方へ歩み寄った。まずはそっと扉を開くと、その隙間から、一人の小柄な女が見えた。

藍紬《あいつむぎ》の筒袖の小袖と、下がすぼまった乗馬袴を身につけ、二十代半ばに見える。女は椅子の端っこに遠慮がちに腰を下ろし、体を前屈みにし、両手で顔を覆って、泣いていたのである。

医師は大きく扉を開いて、布で手を拭いながら入って行く。すると相手はすぐに手拭いで顔を拭き、立ち上がって頭を下げた。

「私はウイリスですが、マスミツさんのご家族ですか？」

易しい日本語だが、その口調も優しかった。

泣いている姿を見て、患者の妻だろうかと思った。患者に胸骨圧迫を施したという話を杉田医師から聞いて、この国でそういう女性は珍しいと思ったのだ。

「いいえ、ただの付き添いの者で、綾と申します」

言いながら、綾もまた驚いていた。

日本でこれだけ評判が高く、多くの負傷者を救って尊敬されている外国人であれば、すでに四十を越して功成《こうな》り名遂げた、威圧感のある人物を想像していた。

だが目の前に現れたのは、まだ若かった。見上げるほど大柄で体格が良く、頬から顎にかけて髭もじゃで、青い目をらんらんと輝かせた、人懐こそうな人物だったのだ。

威圧感というより、その堂々たる働き盛りの活力が、綾を圧したかもしれない。

(兄上と同じくらいか、少し下か)

と思った。この人が兄を導いた師匠なのだ。

今ここで思わず涙したのは、兄に会えなかったからではない。この国のどこかで、無事で生きていることを知ったからである。生きていさえすれば、いつか必ず会える
……今はそう思えるのだ。

知りたいことは山ほどあった。兄上はどんな医師になったのか、どうしてここを去ったのか。

だが今、それを訊きたいとは思わず、兄のことを口にする時ではないと心に決めた。

生死の境にいる者のことが、案じられたのだ。

そんな複雑なせめぎ合いの中にいる綾を、ウイリス医師は青い目でじっと見つめ、

なお白い布で両手を揉み込みながら言った。

「私の診断は、関センセイと同じです。ただ、進行が早いです」

そして、〝右脚部貫通脛骨挫傷《けいこつざしょう》〟の傷を〝破傷風〟に侵されていることを、簡単に説明した。

「今は舟旅で少し疲れているので、眠っています。手術は一晩様子を見て、考えましょう」

「手術をすれば、良くなるのですね？」

綾は探るように言った。

「全力を尽くします」

青い眼が、綾の心を覗き込むようだった。

綾は締め付けられるような感情に襲われたが、何と言っていいか言葉が見つからず、ただただ頭を下げた。

すでに灯りがともったロビーを抜けて、綾は外に出た。

庭には薄い闇が下りていて、じっとり汗ばんだ肌に、海の匂いのする夕風が心地よい。何だか遠い旅から帰って来たような気がし、大きく呼吸した。

見上げると、夕空に瓜《うり》のように細い三日月が出ている。

荷馬車に乗るため指定の場所に行くと、花の落ちた桜の木の下の長椅子に、丁稚を連れた四十がらみの商人ふうの男が座っていた。

「あ、あんたは……」

綾の顔を見るとそう言い、丁稚に合図して位置をずらし、綾が座る席を作ってくれた。

「いや、さっきは感心しましたよ。その方面の心得がおありですか」

どうやら先ほど、病人の発作を収めたことを言っているらしい。

「いえいえ、とんでもありません。ただの見様見真似です」

と綾は笑って誤魔化し、腰を下ろした。

「しかし男でも、なかなかやれるこっちゃありませんや。ああ、私は、この病院に出入りしてる薬屋でして」

横濱本町にある、『唐津堂《からつどう》』という薬種問屋の主人だと名乗った。

「ここは凄い病院でしょう?」

気さくな人らしく、さらに話しかけてくる。

「野戦病院だから野郎ばかりと思いきや、何と、女の介抱人がいるんだから。この国じゃ初めてですよ。もっとも、女といっても、五十歳以上が条件だそうで、若い女はダメなんだそうで……」

と長い顔をひしゃげるようにして笑いだしたので、綾もつい釣り込まれた。

送り込まれてくる兵は若いし、介抱女は昼夜に亘《わた》って投薬や、飲食、着替え、洗濯と、身の回りの世話をするため、どうしても情が移りやすい。

淫《みだ》らな事件があってはと、ウイリス医師の指示で病院が女性採用に踏み切った時、五十歳以上という年齢制限をつけたのだと。

「ま、それにしても、あの青い目の先生は凄いです。クロロホルムとかいう麻酔薬を上手に使って、一日に、何人もの外科手術をこなすそうだからね」

その上、イギリス公使館付きという立場上、それだけ身を粉《こ》にして働いても報酬を受け取らず、無償の奉仕なのだという。

その話に、綾は熱くなった。

今も過密な時間を割《さ》いて、自分に会ってくれたのだろう。

もしかしたらこの医師には、兄のことを巡って、また面会にくるかもしれないと思う。だがそれは、世間がもっと落ち着いてからだ。

カラカラと、負傷者を乗せた荷馬車が、茂みの向こうの道を病院に向かって走っていく。

「どこまでお帰りで?」

と唐津堂主人は、ふと思い出したように言った。

「柳橋までです」

と答えると、その橋はどこだったろうと考える顔つきで言った。

「ほう、柳橋……遠いねえ」

八

神奈川宿で無事に磯次らと落ち合った綾は、そこで夕食をすませ、しばし休憩した。

再び二丁櫓の伝馬舟で船宿を出発したのは、すでに四つ(十時)過ぎ。横濱湾には、遠くに停泊する何艘もの外国船の灯りが美しく見えていた。

もう急ぐことはない。

明け方までに柳橋に着けばいいのだ。

櫓は来た時と逆に、磯次が脇櫓を、弥助がとも櫓を漕いだ。

風はもう収まっていて、星降る夜だった。野毛浦を出た時は頭上に輝いていた三日月は、すでに夜空の彼方へ消えていた。

舟が横濱湾を出て神奈川の沿岸を北上し始めると、磯次はいったん櫓を弥助に任せ、煙草を吸い始めた。

船宿では二人はほぼ眠っていたので、綾の報告をほとんど聞いていないのである。

だが磯次は一服しながらも、すぐには訊こうとせず、船宿で聞いて来た噂話などを二つ三つ聞かせてくれた。

その一つが、上野戦争の際には、大川に飛び込んだか放り出されたかした彰義隊士の溺死体が、川崎の辺りまで流れ下って来たという話。

江戸では遺体を片付けると官軍に咎められたが、この辺りでは何とはなしに地元の者が片付け、寺に運んだという。

さらに誰に聞いたものか、上野戦争では、銃創《じゅうそう》を破傷風にやられ横浜に運ばれた患者が他にもいたらしい、という話もした。

「……で、どうだったかな。ウイリス先生には会えたんだろ？」

と磯次は、ふうッと煙を闇に吐き出して、さりげなく言った。

綾は、ウイリス先生に会うまでの経緯を、やや興奮気味に語った。野毛山では、見るもの聞くもの、すべて珍しいことばかりで、何から話していいか分らないほどだった。

介抱人と呼ばれる女介護人がいたこと、綾が胸部圧迫を行なったのを褒めてくれた杉田医師のこと、ウイリス先生の活力ある姿。

しかし兄の消息が少し分かりかけたことは、口にしなかった。

「先生はとてもお忙しい方だったけど、何とか会ってくださったの。見上げるほど大きな方でね……。診断は関寛斎先生と同じだったけど、進行が思ったより早いんだって」

「手術はどうなんだ、するんだろ？」

「一晩様子を見て考えると」

「手術すれば、良くなるわけ？」

「全力を尽くすって……」

「…………」

磯次は、黙って煙草を吸い続けた。

弥助は何とも言わず、櫓を漕ぎ続ける。その音が波の音に混じって、音楽のように響いた。

もうほとんど小舟はいない。先ほどまでは、夜中の船の少ない時間を狙って荷を運ぶ荷足船が行き交っていたが、それも真夜中を過ぎたころから、疎《まば》らになっている。

ゆっくり進んでいく舟からは、岸の灯りが、多くなったり少なくなったり、遠ざかったり近づいたりした。

舟の音に驚いたか、近くの中州《なかす》の葦《あし》の茂みから、カモメが啼いて飛び立っていく。

……おいらやん衆　命知らずよ
海鳥鳴けば　血が騒ぐ　エイヤサ……

といつか、弥助が口ずさんでいるのに気がついた。

ギイギイと櫓漕ぎでうまく音頭をとりながら、低くゆっくり唄っているのだった。

弥助がこんな唄を歌うのを、綾は初めて耳にした。

唄なんか唄わない無粋《ぶすい》な男と思っていたのに、その声は低くよく響き、深い初夏の闇に溶けていく。

……いつか帰らぬ日があれば
伝えておくれ　海鳥よ

　彼方の海に行ったとよ

その朗々と唄う声に心打たれ、綾は泣いていた。
磯次も煙草を吸う手を止めている。
弥助の声だけが、風にちぎれて続く。
いつの間にか闇の底がかすかに明るんで、夜明けの気配が忍び込み始めていた。

益満休之助は、それから二日後の五月二十二日の暮れ六つ半ごろ（七時）、横濱軍陣病院で、ウイリス医師に看取られて永眠した。二十八歳だった。

時代小説
二見時代小説文庫

夜明《よあ》けの舟唄《ふなうた》　柳橋《やなぎばし》ものがたり8

二〇二二年　五　月二十五日　初版発行

著者　森《もり》　真沙子《まさこ》

発行所　株式会社　二見書房
〒一〇一-八四〇五
東京都千代田区神田三崎町二-一八-一一
電話　〇三-三五一五-二三一一［営業］
〇三-三五一五-二三一三［編集］
振替　〇〇一七〇-四-二六三九

印刷　株式会社　堀内印刷所
製本　株式会社　村上製本所

ISBN978-4-576-22062-8
https://www.futami.co.jp/

森 真沙子

箱館奉行所始末

シリーズ

完結

① 箱館奉行所始末 異人館の犯罪
② 小出《こいで》大和守《やまとのかみ》の秘命
③ 密命狩り
④ 幕命奉らず
⑤ 海峡炎ゆ

洋学者武田斐三郎による日本初の洋式城塞五稜郭《ごりょうかく》に箱館奉行所はある。元治元年（一八六四）、支倉幸四郎は箱館奉行所調役として五稜郭へ赴任した。異国情緒溢れ、教会やホテルが建つ箱館の街。だがこの街は、犯罪の巣でもあった……。幕末秘史を駆使し、知っているようで知らない〝北の戦争〟と日本初の洋式城塞の数奇な興亡を、スケール豊かに描く傑作シリーズ！